Eva Lirot

Rendezvous mit dem kleinen Tod

Handlungen und Figuren dieses Romans sind Phantasieprodukte der Autorin. Darum wären eventuelle Übereinstimmungen mit lebenden oder verstorbenen Personen zufällig und keinesfalls beabsichtigt. Nicht erfunden sind Institutionen, Straßen und Schauplätze in Frankfurt. Bei allen realen Bezügen hat sich die Autorin doch ein wenig dichterische Freiheit herausgenommen, so gibt es in der Junghofstraße keinen Nobelclub »be my dream«, im obersten Stockwerk von Haus 25A des Universitätsklinikums befindet sich keine Pflanzenzuchtstätte, und das Polizeipräsidium ist heute nicht mehr in der Friedrich-Ebert-Anlage.

Originalausgabe 1. Auflage 2007

Tel.: 0561/766 449 0, Fax: 0561/766 449 29

Lektorat: Anette Kleszcz-Wagner
Titelfoto: Anke Merzbach, Offenbach
Druck: Fuldaer Verlagsanstalt
ISBN: 978-3-935263-51-1

www.prolibris-verlag.de

Eva Lirot

Rendezvous mit dem kleinen Tod

Kriminalroman

Prolibris Verlag

Die Hölle umgibt sich mit schillernden Gewändern,
gefertigt aus falschen Paradiesen.

1

Genug, genug, genug! Geht endlich! Ich kann euer Geschmuse nicht mehr ertragen. Und die beiden angestaubten Typen mit den Krawatten – wer hat die eigentlich angeschleppt und hier zurückgelassen? Sie scheinen das Schauspiel auch noch zu genießen, die Spanner! Los, haut ab! Alle! Nur Frank kann bleiben. Bitte! Bleib. Und streichle meinen Hals mit deinen Lippen, so wie du es gerade mit Valérie gemacht hast ... Es klingelt ja schon wieder! Verdammt, nimmt das denn kein Ende? Die Party ist vorbei!

Julia sprang die Treppenstufen hoch, öffnete die Haustür – und stutzte.

»Überraschung!«, rief Andrea beim Betreten der Wohnung und zauberte ein winziges, in buntes Geschenkpapier gehülltes Päckchen aus der Jackentasche hervor. Doch als Julia danach greifen wollte, zog sie ihre Hand zurück und sah sie herausfordernd an. »Du solltest ungestört sein, wenn du es auspackst. Und erst recht, wenn du es benutzt.«

Irritiert starrte Julia auf das Minipäckchen, dann zu ihrer Chat-Partnerin, die sie im Forum der »Absolute Beginners« – eine Oase im Internet für unfreiwillig Unberührte – gefunden hatte. »Okay. Gehen wir rauf in mein Zimmer.«

»Sehr gut!« Andrea hüpfte auf der Stelle wie eine Dreijährige in Erwartung eines Bonbonregens. »Ich verspreche dir, gleich wirst du die schönsten Minuten deines Lebens erleben.« Ihre Stimme klang etwas belegt. Julia schüttelte lächelnd den Kopf. Diese Internetbekanntschaften waren manchmal etwas merkwürdig. Was wusste sie schon wirklich von ihrer neuen Freundin – die vielleicht lesbische Neigungen besaß? Julias Lächeln erstarb.

»Hier ist es.«

Andrea trat ein und ließ den Blick durch das spartanisch, aber teuer eingerichtete Zimmer gleiten – Futonbett und Kommode in japanischem Design, Flachbildfernseher an der Wand, in der Raummitte ein riesiger Berberteppich. »Perfekt. Jetzt brauchen wir nur noch ein wenig Atmosphäre für deinen ersten Ausflug ins Paradies.« Sie fischte ein Feuerzeug aus der Jackentasche, zündete die langen Kerzen in einem Ständer neben dem Bett an und löschte das Deckenlicht. »So, jetzt legst du dich hin und entspannst dich ...«

»Sag mal, was hast du eigentlich vor?« Julias Stimme klang nervös.

»Keine Angst, es wird nichts geschehen, was du nicht willst, sondern etwas, worauf du schon lange wartest. Setz dich hin und pack aus.«

Julia hockte sich im Schneidersitz auf ihr Bett, Andrea nicht aus den Augen lassend, nahm das Päckchen, löste den Klebestreifen und wickelte es aus dem Papier. Zum Vorschein kam eine Schachtel, deren grüne Aufschrift ein Nasenspray gegen allergischen Schnupfen ankündigte. Erstaunt sah sie zu Andrea auf.

»Nun mach schon weiter. Es ist nicht das, was draufsteht, aber irgendwie musste ich es doch verpacken.«

Julia riss die dünne Papphülle auf. Und hielt doch ein Nasenspray in den Händen. »Paradise« war in geschwungenen regenbogenfarbenen Lettern darauf zu lesen.

»Riech erst mal nur dran. Aber verschütte bloß nichts.«

Julia schraubte das Plastikfläschchen auf, schnupperte – und verspürte augenblicklich eine Erregung. Ein enormes sexuelles Verlangen, das stärker war als alles, was sie je durch eigenes Tun, manchmal allein durch Spreizen und Kreuzen ihrer Beine, hatte hervorrufen können.

»Riecht gut, hm? Ich lass dich jetzt mal allein«, rief Andrea, schon auf dem Weg zur Tür. »Nimm einen kräftigen Zug, und du wirst es endlich auch wissen.«

»Was werde ich wissen?« Benommen starrte sie auf das Nasenspray. Benommen von dem kurzen, aber heftigen Aufwallen der Lust – die sie noch immer erregte.

»Julia, du hältst gerade deinen ersten Orgasmus in den Händen! Eine unglaubliche Erfindung. Ich bin völlig abgehoben, bis ins Paradies geflogen! – Und ich glaub nicht, dass ich jemals einen Mann finden kann, der mich derart in Fahrt bringt.« Andreas Lippen verzogen sich zu einem süffisanten Grinsen. »Ach ja, Nebenwirkungen gibt's übrigens kaum. Nur ein bisschen Erschöpfung.«

»Das ... das soll ein Witz sein, stimmt's?«

»Probier's aus!«

»Na, hör mal! Da unten sind immerhin noch ein paar Gäste ...«

»Keine Sorge, die übernehme ich. Sie werden weg sein, wenn du nachher rauskommst und mir von deinen Erlebnissen aus dem Reich der Sinne erzählst.« Mit einem verheißungsvollen Lächeln verließ Andrea das Zimmer und zog die Tür hinter sich zu.

Julias Blick fiel zurück auf das Plastikfläschchen. Diesen Gipfel aller Lust, den sie noch nie erreicht hatte und nach dem sie sich immer verzweifelter sehnte – war es wirklich möglich, diesen Höhepunkt zu erleben, jetzt sofort und nur mit Hilfe eines simplen Nasensprays? Noch einmal schraubte sie es auf, schnupperte, setzte es schnell wieder zusammen, schob den Sprühaufsatz ins Nasenloch und atmete gierig den feinen Nebel ein.

Sie lag in einem Himmelbett. In einem Himmelbett, umgeben von Vorhängen aus pastellfarbenem Taft. Schauer durchliefen ihren Leib, wohlig warm und in immer schnelleren Schüben. Sie spürte das leichte Beben, spreizte die Beine, kreuzte sie fest übereinander, spreizte sie wieder – und verharrte. In ihrem Unterleib kribbelte es so stark, dass sie nicht mehr wagte, sich zu bewegen. Sie war jetzt eine Sklavin. Eine Sklavin des unendlich schönen Gefühls, das sie beherrschte. Vollkommen beherrschte.

Frank! Ach, Frank! Sie lag reglos da, schloss die Augen und stellte sich vor, wie er mit seinen liebevollen, dunklen Augen über ihre nackte Haut glitt – spürte, wie er sich zu ihr hinabbeugte und begann, ihren glühenden Körper zu liebkosen. Sie fühlte die sanften Küsse überall – wohlig nassfeuchte Kitzel auf der Haut, die sich ausbreiteten wie die Wellen eines Wassertropfens beim Eintritt in die ruhende See. Bitte, lieber Gott, lass ihn nie aufhören! Ihr Körper begann, sich zu winden und nach oben zu recken, beide Hände auf ihre erhitzten Wangen gepresst. Die Kitzel kamen immer häufiger, sie wanderten von ihren Brüsten hinab zum Bauch, wieder hoch zu den Brüsten, und runter bis in den Schoß. Mindestens zehn pulsierende Lippen gleichzeitig schienen ihren Unterleib jetzt zu erkunden. Und wurden immer fordernder. Sie riss ihr Top hoch und hielt die Luft an, die Finger ins Laken gekrallt. Ihr Herz raste – Schwindel, stark und doch so wohlig. Dann war plötzlich alles vorbei. Sie stürzte in ein Loch hinab, in ein schwarzes Loch. Mit Nägeln am Grund. Die sich tief in sie hineinbohrten. Und der Schmerz brannte lichterloh. – *Still! Still liegen bleiben! Ganz ruhig liegen bleiben. Dann hört es bestimmt gleich auf.* Sie presste die Augen zu und rührte sich nicht.

2

»Warum wurden eigentlich wir hergeschickt?«, fragte Michael Kartan, Kriminalkommissar der Frankfurter Mordkommission. Sein Blick wanderte durch Julias tadellos aufgeräumtes Zimmer. Es war früher Nachmittag. Vor etwa drei Stunden hatte Valérie, die Austauschstudentin, den Notruf alarmiert. Sie war erst am späten Morgen aus Franks Wohnung zurückgekehrt.

»Vertretung K64«, erwiderte Kriminalhauptkommissar Jim Devcon, die Hände in den Taschen seiner Lederjacke vergraben. Gedehnte Vokale, gerolltes R – der nordamerikanische Akzent war unüberhörbar in der tiefen Stimme des 56jährigen. Obwohl er als Inhaber der doppelten Staatsbürgerschaft seit gut zwanzig Jahren in Deutschland lebte.

»Gut, aber warum ausgerechnet wir?«

»Ungeklärter Todesfall, Mord nicht ausgeschlossen.« Devcon deutete mit seinen wachen dunklen Augen zu Julias Leiche. Sie lag halb ausgezogen, und mit leicht gespreizten Beinen auf dem Bett, die Augen geschlossen, der Mund stand minimal offen. Ein Teil der üppigen Haarpracht sowie ihr rechter Arm hingen locker über dem Bettrand.

»Äußere Spuren einer Gewaltanwendung sind nicht zu erkennen«, diktierte der Gerichtsmediziner mit monotoner Stimme auf Band.

»Ebenso wenig Hinweise auf das Vorliegen eines vorsätzlichen Tötungsdeliktes«, ergänzte Kartan und zog sein Mobiltelefon aus der Manteltasche.

Devcons Blick blieb an dem breiten Fleck haften, den er auf Julias Nylonhose in Schritthöhe entdeckt hatte. »Abwarten, was Obduktion und Analyse des Medikaments ergeben. Dann werden wir sehen, ob es beim ersten Befund bleibt.«

Hirnschlag. So hatte die vorläufige Diagnose des Notarztes gelautet – eine häufige Todesursache bei Bluthochdruck-Patienten wie Julia, insbesondere, wenn sie mit Betablockern behandelt wurden.

Dann hatte der Arzt das Nasenspray entdeckt und die Kollegen vom Erkennungsdienst hinzugezogen.

»Wurde außer diesem Fläschchen noch etwas gefunden?«

»Bis jetzt nicht«, erwiderte der angesprochene Beamte von der Spurensicherung.

Zwei Sektionsmitarbeiter vom rechtsmedizinischen Institut kamen herein, um Julias Leiche abzuholen. Devcon gab sein Okay durch ein Nicken. »Also gut. Wer ist diesmal mit dem Interview dran?«

Unten im Wohnzimmer wartete Ottmar Winter, Julias Vater. Der Geschäftsführer eines international expandierenden IT-Unternehmens hatte gerade noch aus dem verspäteten Flugzeug nach Zürich geholt werden können. Seitdem er im Haus eingetroffen war, saß er auf der weißen Ledercouch und starrte ins Leere.

»Such's dir aus, Chef«, erwiderte Kartan, und die klaren blauen Augen des 38-Jährigen funkelten spöttisch. »Wenn du ihren Computer checkst, widme ich mich selbstverständlich gern der Befragung.«

Devcon machte auf dem Absatz kehrt und verließ den Raum.

3

Eins-zwo-drei-vier. Andrea atmete tief ein. Eins-zwo-drei-vier. Ausatmen.

Zwecklos. Als sie heute Mittag bei Julia angerufen hatte, war Valérie am Apparat gewesen und hatte mit hysterischer Stimme geschrien: »Elle est morte! Julia tot!«

Es war und blieb unfassbar für Andrea. Sie hatte doch selbst noch einmal vorsichtig in ihr Zimmer geschaut, bevor sie in der letzten Nacht gegangen war. Und da hatte Julia friedlich geschlafen!

Wieder und wieder fixierte sie den PC-Bildschirm. Wann kam die Nachricht von Josef?

Ihre Gedanken kehrten zu ihrem Treffen gestern Nachmittag zurück. Es war im oberen Stockwerk des großen Coffee-House in der Fußgängerzone gewesen. Wie ein verklemmter Schulbub in alt hatte er gewirkt, wie er so dagesessen hatte mit seinen dicken Gläsern im Nickelbrillengestell und dem Kamillenteebeutel in der Hand. Von Smalltalk keine Spur. Mit unbewegtem Gesicht hatte er die Ware rausgerückt, nachdem er in aller Länge und Breite erneut die gesundheitlichen Voraussetzungen referiert hatte.

Sie hatte das einfach nicht ernst genommen. Ihr war das Spray gut bekommen, so gut! Und dieses sagenhafte Erlebnis hatte sie auch Julia verschaffen wollen, als Geburtstagsgeschenk – das teuer gewesen war, sehr teuer! Da konnte man doch wohl von hundertprozentiger Qualität ausgehen. Die gesundheitlichen Voraussetzungen. Sicher, sie hätte es ihr sagen sollen. Aber Julia war doch noch so jung! Andrea schluchzte laut auf. Vielleicht hatten sie ja etwas Neues in das Spray gepanscht. Und das hatte sie doch nicht ahnen können!

Eins-zwo-drei-vier. Einatmen.

Eins-zwo-drei-vier. Ausatmen.

Sie bemühte sich tapfer, das Panikmonster in Schach zu halten, und tippte eine weitere E-Mail an Josef.

»Wir müssen sofort abbrechen«, flüsterte Josef in den Telefonhörer, obwohl er allein im Raum war.

»Das ist ausgeschlossen.«

»Es geht nicht anders! Wir hätten sowieso niemals ...«

»Was ist denn passiert?«

»Letzte Nacht gab's vermutlich einen Todesfall.«

»Woher weißt du das? Und vor allem, was heißt vermutlich?«

»Hab's soeben über E-Mail erfahren. Ein Mädchen ist gestorben. Unmittelbar nach der ersten Einnahme.«

»So, so. Und woher stammt dann die Mail?«

»Von ihrer Freundin! Ist total aufgelöst. Sie hatte es ihr zum Geburtstag geschenkt.«

»Du hast also Fremdübergabe zugelassen.«

»Schon, aber sie hatte mir hoch und heilig versichert, dass mit ihrer Freundin alles in Ordnung ...«

»Und woher will sie das wissen? In eurem Alter geht man für gewöhnlich noch nicht mit seinen Krankheiten hausieren. Was glaubst du, weshalb wir die rigorosen Spielregeln haben? Um den Vertrieb streng kontrollieren zu können. Und weshalb? Um die Sicherheit der Konsumenten zu gewährleisten. Erinnerst du dich?«

»Aber die Tests hatten doch ergeben, dass nicht einmal der Gesamtinhalt einer Packung töten kann. Irgendwas stimmt da nicht. Der Verkauf muss jedenfalls sofort eingestellt werden.«

»Beruhige dich. Bis jetzt hatte keiner der Kunden ein Problem – warum auch, wenn man sich bei der Auswahl und Belieferung stets an die Regeln hält, nicht wahr? Das Mädchen war vermutlich krank. Diabetes, Asthma, Herz-Rhythmus-Störung, irgendetwas von den zahllosen Gebrechen, die man nicht gleich auf Anhieb erkennt. Das ist auch nicht anders als in der Psychologie ... Sieh dich an, dein eigenes Leiden ist dir ja ebenfalls nicht in Großbuchstaben auf der Stirn tätowiert gewesen, richtig? Also, wo ist es jetzt?«

»Was?«

»Das Nasenspray.«

»Das hat unsere Kundin wieder an sich genommen, nehme ich an.«

»Du nimmst an? Ihre Adresse, bitte.«

»Keine Sorge, ich frag schon noch genauer nach.«

»Nein. Ich werde sie selbst aufsuchen.«

»Sie? Aber warum?«

»Ich will ihr ihre Lage klarmachen. Zu ihrer eigenen Sicherheit. Immerhin war sie es, die das Serum überbracht hat. Das heißt, im schlimmsten Fall könnte ein gewitzter Anwalt sogar auf fahrlässige Tötung plädieren.«

»Aber ...«

»Vertrau mir. Ich weiß genau, was zu tun ist. Deshalb habe ich hier das Kommando, schon vergessen?«

4

Gleichmäßig prasselte der Regen gegen die Scheiben des Polizeipräsidiums in der Friedrich-Ebert-Anlage. Der gelbbraune Kasten bildete einen schönen Kontrast zu den gläsernen Türmen der Großbanken und dem Messeturm mit dem etwa fünfzehn Meter hohen »Hammermann« davor – Zwilling einer Skulptur in Seattle, postiert vor einem überdimensionierten Bleistift, lautete Devcons lapidares künstlerisches Urteil dazu. Er stand am Fenster seines Büros in der dritten Etage des Erweiterungsgebäudes, Baujahr 1960, und sah auf den beleuchteten Innenhof runter. Nur wenige Autos parkten dort. Der Himmel war tiefschwarz. Bei seiner Rückkehr vom Tatort hatte Devcon einen Blick auf die kaum zu übersehende Uhr im Hauptflur geworfen. Kurz nach fünf hatte sie angezeigt.

Julias Vater war kaum vernehmungsfähig gewesen. Eine suizidale Veranlagung seiner Tochter hatte er klar ausgeschlossen, ebenso eine Medikamentenabhängigkeit. Und das Nasenspray hatte er nie bei ihr gesehen.

Auch die Kollegen von der Rauschgiftfahndung kannten Paradise nicht, das nun innerhalb der kriminaltechnischen Einrichtungen des LKA in Wiesbaden einer forensischen Untersuchung unterzogen wurde.

Devcon ließ sich in seinen Ledersessel fallen und schwang die Füße auf den fast leeren Schreibtisch. Papierkram delegierte der ehemalige Sergeant der Homicide Unit des SAPD – die Mordkommission des San Antonio Police Department, Texas – wann immer es ihm möglich war. Auf E-Mails reagierte er in der Regel telefonisch, nicht zuletzt zwecks Erhöhung der Hemmschwelle, ihn mit jeder Bagatelle zu behelligen. Neben den paar Fax-Ausdrucken erspähte er ein Päckchen Schokoladenkekse. Und grinste. Inzwischen hatte er sich daran gewöhnt, dass Regina Tamm, seine rechte Hand in der K11, sich nicht nur um Akten und Schriftverkehr kümmerte. Er aß gerade den ersten Keks, als seine Bürotür aufflog.

»Du wirst es nicht glauben, Jimbo, aber hier scheint sich eine kleine Sensation anzubahnen.« Kartan, Hugh-Grant-Frisur, ein Meter fünfundachtzig groß, wedelte mit einem Fax.

Devcon warf ihm einen finsteren Blick zu. Wenn es etwas gab, das er noch mehr hasste als Computer – er sah darin das ultimative Werkzeug der Verbrechensindustrie – dann war es diese Verunglimpfung seines Vornamens.

»Hier, ist gerade durchgekommen. Die Kollegen aus dem Labor glauben, dass es sich bei dem Serum um ein neues Mittel zur sexuellen Stimulanz handelt.«

Devcon hob die üppigen Brauen, die linke wölbte sich deutlich steiler nach oben. »Und was ist daran so sensationell? Ist es etwa wieder etwas vom Schlage Liquid Ecstasy?«

»Liquid Ecstasy?«

»Diese verfluchte Date-Rape-Droge, die je nach Dosierung stimulierend oder narkotisierend wirken kann! Die chemische Bezeichnung ist GHB. Ursprünglich entwickelt als ein zu schluckendes Narkosemittel und Antidepressivum. Es dient der Betäubung des zentralen Nervensystems. Allerdings nicht ohne Nebeneffekt.«

»Und was ist das für ein Nebeneffekt?«

»Bei niedriger Dosierung tritt ein Abbau von Ängsten und Hemmungen zugunsten von Geschwätzigkeit und sexueller Erregung ein.«

»Also bitte, im Vergleich mit dem restlichen Partydrogenarsenal klingt das ja beinahe schon harmlos.«

»Irrtum. Die Anzahl der Todesfälle ist zwar in der Tat vergleichsweise gering. Aber nach einem erschütternden Vorfall wurde die Droge im Jahr 2000 bei uns dennoch als ebenso gefährlich eingestuft wie Kokain und Heroin.«

»Interessant ... Hat die CIA sie im Nachhinein zur ultimativen Waffe der Monica Lewinsky erklärt?«

»Nein, eine junge Frau ist nach der Einnahme von vier Männern vergewaltigt worden und anschließend im Koma erstickt.«

»Na, da haben wir doch schon mal Glück, dass wir in Verbindung mit unserem neuen Nasenspray Vergewaltigungsdelikte offensichtlich eher nicht befürchten müssen. Hör zu, hier steht, dass eine kleine Duftbrise ausreicht, um die gewünschte Reaktion im Organismus auszulösen.« Kartan grinste anzüglich. »Soll ich mir das Zeug holen und die Wirkung persönlich überprüfen?«

»Seit wann brauchst du ein Aphrodisiakum?«

Michael Kartan winkte ab. »Die Sensation kommt erst noch. Die übereinstimmenden Reaktionen bei den vorsichtigen Riechproben deuten außerdem darauf hin, dass es bei beiden Geschlechtern gleichermaßen wirkt. Das nenne ich eine Innovation, oder? Wir checken gerade im Internet, ob die Zusammensetzung dort schon irgendwo zu finden ist. Dann können wir's selbst nachbauen.«

»Das kann doch nicht dein Ernst sein! Das Mädchen ist tot!«

»Und wie es aussieht, ist sie an Hirnschlag gestorben, verursacht durch ihre Bluthochdruckmedikamente. Das heißt, das neue Wundermittel ist vollkommen unschuldig – und wir werden diesen Fall wohl ganz schnell abschließen können. Was uns mehr als gelegen kommt, denn wir sind immer noch keinen Schritt weiter mit den beiden teilskelettierten männlichen Leichen, du weißt schon, die in Schlafsäcke gehüllt in der Nähe eines Parks entdeckt worden sind.«

»SOKO Nidda.«

»Nach Angaben der Gerichtsmedizin dürften sie etwa sechs Monate lang dort gelegen ...«

»Ja, ich weiß schon: Tötungsursache massive stumpfe Gewalt gegen den Kopf. Ist die Identität der beiden Personen inzwischen geklärt?«

»Nein. Hinweise liegen nach wie vor keine vor. Es sind aber noch Zahnreste vorhanden.«

»Immerhin etwas.« Devcon schob sich den dritten Keks in den Mund. Er hatte erst vorgestern wieder mit dem Rauchen aufgehört. »Was ist mit dem anderen Mädchen«, er schnippte mit den Fingern, »die aus Julias Computer?«

»Redest du jetzt wieder von dem Nasenspray-Fall?«

»Ja. Da gab es doch einen recht interessanten Kontakt via E-Mail – verdammt, wie hieß die gleich ...«

»Andrea?«

»Andrea. Was hast du noch von ihr?«

»Nachname Harms, Geburtsort Passau, Alter siebenundzwanzig. Des weiteren liegen Wohnadressen vor, auch die aktuelle, ihre Arbeitgeber, Mobilfunknummer, Körpergröße, Lieblingsfarbe und die bevorzugten Musikbands.«

Devcon fing an zu husten, er hatte versehentlich ein paar Kekskrümel eingeatmet.

»Übrigens ist sie erst vor knapp vier Monaten hierher gezogen.«

»Und woher hast du das alles?«

Kartan zog einen Stift aus der Sakkotasche und schwenkte ihn wie einen Zauberstab. »Es genügte ein magischer Blick in besagte E-Mail-Korrespondenz. Sie haben sich zwar nicht viel geschrieben, das Meiste lief wohl direkt im Chat über dieses seltsame Forum. In einigen ellenlangen Mails haben sie aber ihre Lebensläufe nahezu komplett ausgetauscht.«

»Wunderbar. Wenn das alle so machten, könnten wir demnächst bei unserer Kostensparstelle damit punkten, dass wir unsere eigenen Datenbanken verschrotten und einfach die der EU anzapfen, in denen sie den E-Mail-Verkehr protokollieren. Die speichern zwar angeblich keine Inhalte, aber wer's glaubt. – Ich will sie sprechen.«

»Wen, die EU?«

»Am besten gleich.«

»Gut, fahr'n wir nach Brüssel, und dann ab ins Wochenende.«

Mit einem Ruck nahm Devcon die Füße vom Schreibtisch und beugte sich vor. »Nimm unsern Rookie mit, falls der noch im Haus ist, ...«

»Ja, ich habe Grafert vorhin noch gesehen.«

»Gut. Macht euch *sofort* auf den Weg und holt sie her. Sie weiß sicher noch nichts von dem Todesfall. Ideale Voraussetzung, um mit ihr ein wenig über dieses Nasenspray zu plaudern.«

»Jetzt gleich auf der Stelle? Meinst du das ernst?«

»Ja, allerdings. Ich will nämlich ganz schnell wissen, womit ich es hier zu tun habe. Und dafür brauche ich außerdem ein zumindest vorläufiges Ergebnis von der verdammten Obduktion!«

Kaum hatte Kartan sein Büro verlassen, hämmerte Devcon, die Lippen zum Strich zusammengepresst, eine Nummer des Universitätsklinikums in die Tasten seines Telefons: »Bitte verbinden Sie mich mit Dillingers Urlaubsvertretung ... Ruft umgehend zurück? Interessant. Das hab ich schon vor einer guten Stunde gehört! Muss ich mir die Untersuchungsergebnisse persönlich abholen kommen, oder was?« Bei normalem Verkehr konnte er das rechtsmedizinische Institut von seinem Standort aus in etwa fünf Autominuten erreichen. Noch reichte seine Geduld aber aus, um auf den Rückruf zu warten. Nach einer weiteren halben Stunde jedoch sprang er auf und schnappte sich seine Lederjacke von der Sessellehne. Synchrones Telefonläuten hielt ihn zurück. »Hold on!«, rief er ins Handy, während er schon nach dem Hörer des Schreibtischtelefons griff. Was er zu hören bekam, ließ seine Miene wie im Zeitraffer verfinstern. »Verstehe, danke.« Er legte auf und hielt sich sein Mobiltelefon ans Ohr.

»Niemand zu Hause«, berichtete Kartan. »Alles dunkel, Anrufbeantworter in Betrieb.«

»Hol den Schlüsseldienst!«

»Was?«

»Geh rein, verdammt! Es wurden Rückstände des Serums im Blut der Leiche gefunden. Toxische Rückstände! Und dieses Mädchen ist unsere einzige Spur.«

»Ich darf dich pro forma darauf aufmerksam machen, dass diese Annahme allein kaum für das Erwirken eines Durchsuchungsbeschlusses ausreichen dürfte.«

»Dann verrat mir, wo ich an einem Freitagabend um sieben Uhr noch einen Staatsanwalt hernehmen soll!«

»Und was ist mit der Einsatzbereitschaft?«

»Bis ich der alles erklärt habe! Wir nehmen *Gefahr im Verzug* an und gehen rein!«

Andreas Zweizimmerwohnung lag im Dachgeschoss eines mehrstöckigen Altbaus in der Gutleutstraße, vollgestellt mit noch nicht ausgeräumten Umzugskisten. Michael Kartan nahm sich zuerst den PC vor, stellte ihn an – und stutzte: Blauer Bildschirmhintergrund mit der Nachricht »Can't find harddrive c:\ «

»Jim?«

»Go!«

»Ich hab hier etwas sehr Merkwürdiges.«

»Was.«

»Die Festplatte ihres Computers wurde entfernt.«

»Das darf doch ... Hast du ein Foto?«

»Von der Festplatte? Nicht ärgern, Scherz. Natürlich hab ich ein Foto. Sogar Portraitgröße.«

»Fahndung einleiten!«

5

Dumpf hallten die Bässe aus dem weit geöffneten Eingang. Darüber leuchtete in blauer Farbe und Schattenkalligraphieoptik der Schriftzug »*be my dream*«. Bis Mitte der Neunziger hatte Frankfurts berüchtigter Technotempel »Hades« hier seinen Platz gehabt – bis er wegen emsigen Vertriebs der Designerdroge Ecstasy abrupt geschlossen worden war. Vor dem Eingang waren zwei in dunkle Anzüge gekleidete Türsteher postiert. Sie hatten die Aufgabe, freundlich, aber bestimmt das Publikum auszuwählen, das über die mit royalblauem Teppich ausgelegte Treppe hinabsteigen und Gast sein durfte im derzeit angesagtesten Club der Bankenstadt.

Unten im Clubkeller drängten sich die Besucher durch den schlauchförmigen Eingangsflur. Es war Freitag, Motto Ü30-Singleparty, und wie jedes Mal gingen die berühmten Laserlichtspiele im Tanzflächenboden im Pulk der Leute fast unter. Auch die beiden mächtigen, chromglänzenden Theken waren voll belegt. Hier gab es exotische Häppchen, exklusive Drinks – und die Gelegenheit, den Tanzenden in Ruhe auf die Körper zu schauen. Etwas abseits, in der Chill-Out-Zone, floss ein in Regenbogenfarben angestrahlter Wasserfall von der Wand in ein langes Becken. Es war umgeben von prachtvollen Kunstpalmen. Und dauerbelegten Sofas. Die Musik bestand aus dem üblichen Pop- und R&B-Mix – der heute allerdings immer wieder durch die extrem laut hereingemischte Stimme der Frankfurter DJ-Legende Dark Darius übertönt wurde:

Du Engel der Gosse!
Ein Sklave der Liebe – bin ich nicht!
Aber die Triebe – die Triebe, die Triebe!
Be my dream!

Fast alle Besucher trugen an ihrer Kleidung große, runde Buttons, die in den Metallkästchen im Eingangsbereich bereitlagen. Die Bedeutung der Farben ließ sich dem Infoblatt am Schwarzen Brett im Flur entnehmen. Hier käm jeder nach Lösen der Eintrittskarte automatisch vorbei. Die Mehrzahl der Gäste favorisierte die blauen: »Wanted: A real love!« Aber auch die roten waren sehr beliebt: »Let's simply make love!« Die bunten »Escape to Paradise!" waren den Gästen heute nicht angeboten worden.

»Was soll ich mit den Anfragen machen?« Josef lehnte an der Wand des winzigen, fensterlosen Nebenraums, der bei geschlossener Tür derart gut isoliert war, dass von der lauten Musik nur noch gedämpfte Bässe hereindrangen.

»Die aktuellen Kunden werden weiterhin beliefert. Aus dem Internetforum ziehst du dich zurück. Das ist im Moment zu gefährlich. Keine Neukunden, bis wir sicher sein können, dass uns niemand auf der Spur ist.«

»Unmöglich. Meine E-Mails kann keiner zurückverfolgen. Außer vielleicht ein überaus gewiefter Hacker.«

»Es sei dir versichert, die gibt es auch bei der Polizei. Ab sofort hältst du dich bei allen Nachlieferungen streng ans Zeitlimit. Lieferung einmal pro Monat. Ohne die geringste Ausnahme, hast du verstanden? Es darf keinesfalls noch einmal etwas schieflaufen.«

»Das wäre der Megahorror! Sollten wir nicht doch lieber erst mal ganz aufhören? Ich kann's nicht begreifen. Das mit dem Mädchen hätte nie passieren dürfen.«

»Normalerweise nicht. Aber du musst wirklich alles tun – und wenn ich *alles* sage, dann meine ich auch absolut *alles*! – um eine Weitergabe des Sprays durch deine Kunden zu verhindern. Wer weiß, ob sie die anderen Konsumenten korrekt über die Nutzung informieren. Und wenn wir zu häufig beliefern, weil irgendjemand das Spray verschenken will, wie wollen wir dann kontrollieren, ob das Nasenspray nicht wiederum weiterverkauft wird? Und ob da nicht einer im Hintergrund vielleicht einen eigenen Handel damit aufbaut? Nein, wir müssen streng rationieren. Hast du eigentlich eine Vorstellung davon, wie schnell wir uns mit diesem Produkt Probleme mit der Russenmafia und ähnlichen Konsorten einhandeln können? Glaubst du, die würden da lange fackeln?«

Josef schluckte. Sein blasses Gesicht wurde noch weißer.

»Es hat seinen Grund, warum wir beim Vertrieb eines Knüllers wie Paradise am besten mit der Strategie eines übervorsichtigen

Vorstadtbeamten fahren. Wir müssen die größtmögliche Kontrolle behalten. Merk dir eins, mein Junge: Unterschätze nie die Experimentierfreude des Menschen im Sexualbereich. Dieser Trieb ist oft stärker als der Verstand.«

»Aber dann wäre es doch erst recht besser, den Verkauf komplett einzustellen. Wenigstens solange, bis die Testreihen vollständig abgeschlossen sind.«

»Das ist grundsätzlich gesehen sicher nicht falsch. Aber du solltest nicht den Fehler begehen, die Aussagekraft dieser sogenannten Tests überzubewerten. Wer weiß, wie sie angelegt sind, um auf jeden Fall zu einem dringend erwünschten Ergebnis zu kommen! Hier geht es nicht um Ethik, hier geht es um Geld! Du wirst sehen, diese Versuche werden sehr bald als abgeschlossen gelten. Und dann wird das Präparat zugelassen und auf den Markt gebracht. Innerhalb kürzester Zeit und mit gewaltigem Tamtam. Sollten dann doch noch unerwünschte Nebenwirkungen auftreten – nun, in dem Fall findet sich sicher ein Hilfswissenschaftler aus den untersten Rängen, dem man öffentlichkeitswirksam die Verantwortung dafür zuschieben kann. Glaub mir, es ist überall das Gleiche, Jean Genet brachte es auf den Punkt: Zynismus ist der geglückte Versuch, die Welt zu sehen, wie sie wirklich ist.«

»Aber ...«

»Nein, Junge, kein *Aber* mehr! Real besteht nicht der geringste Grund zur Besorgnis. Ein Spray pro Monat für jeden Kunden, ohne Ausnahme, mit ausreichendem Inhalt für eine Nutzung pro Tag. So lautet die Regel. Diese Dosierung hat bis jetzt keine Probleme verursacht. Und das wird auch in Zukunft so bleiben.«

Josef starrte ins Leere. »Ich hab trotzdem kein gutes Gefühl bei der ganzen Sache.«

»So? Dann hat dir unsere sogenannte Führungselite in Wirtschaft und Politik aber einiges voraus. Mit so etwas wie Gefühlen gibt man sich dort weiß Gott schon längst nicht mehr ab.«

Josef sah dem hochgewachsenen Mann in die Augen – auf der Suche nach dem Hort an Wärme und Zuversicht, der sich einst darin zu spiegeln schien. Sein Gegenüber blickte jedoch durch ihn hindurch, ging zum Schreibtisch und öffnete den Laptop. »Sieh her, unser Gewinn kann sich mittlerweile durchaus sehen lassen. Fünfhundert in bar sind ja auch kein Pappenstiel. Nicht mal für unsere ausgesuchte Klientel. Und warum habe ich den Preis so hoch angesetzt? Um damit Druck auszuüben, dass das Spray vorschriftsmäßig angewendet wird. Ein so teures Produkt konsumiert man nicht so ohne Weiteres mehrmals am Tag.«

»Was wir letztlich aber doch nicht wirklich kontrollieren können. Deshalb meine ich nach wie vor, dass wir zunächst ...«

»Zunächst? Für uns gibt es kein zunächst! Verstehst du das denn nicht? In allerhöchstens einem halben Jahr ist alles vorbei, und unser Nasenspray wird in allen Apotheken regulär erhältlich sein. Und dann ist es aus mit unserem kleinen Geschäft. Nicht mehr allzu viel Zeit also, um uns zumindest ein kleines Stück aus dem riesigen Kuchen zu schneiden, der hier demnächst verteilt wird.«

6

»Irgendwelche Neuigkeiten?«, fragte Devcon, ohne vom Schreibtisch aufzusehen. In den mehrseitigen Bericht aus dem LKA-Labor vertieft, hatte er am Klappern der Schuhabsätze erkannt, wer seine offenstehende Bürotür passierte.

»Allerdings. Die Eintracht hat schon wieder verloren«, gab Kartan zurück. »Hab's gestern live im Radio ...«

»Wie oft denn noch, Bälle muss man werfen, nicht treten.«

»Binsenweisheit aus Übersee?«

»Zur Sache, bitte.«

»Gern. Hauptproblem ist eindeutig das Spieler-Management – schon gut, schon gut, ich hör ja auf. Also, es gibt nach wie vor nicht die Spur einer Spur. Und Andreas Eltern sind mittlerweile kurz vorm Durchdrehen. Soweit ich das richtig aus dem niederbajuwarischen Dialekt übersetzt habe, hatte Vater Harms am Samstag seinen Sechzigsten. Und sie hat sich bis jetzt nicht gemeldet.«

»Vielleicht ruft sie ja noch an«, murmelte Devcon mit einer Mimik, die klar aussagte, dass er das für höchst unwahrscheinlich hielt. »Was Neues aus der Drogenabteilung?«

»Nix.«

Über ihre Informanten und das bundesweite Polizeinetzwerk überprüften die Kollegen aus K64 und K65, ob Paradise schon an anderer Stelle aufgefallen war. Auch das Bundeskriminalamt, als nationale Verbindungsstelle zu Euro- und Interpol, mit Online-Zugriff auf die dort geführten Spezialdatenbanken ausgestattet, war längst eingeschaltet.

»Ist das der Laborbefund?« Kartan deutete auf die Papierflut, die über Devcons Schreibtisch hereingebrochen war, und ließ sich auf einem der beiden Besucherstühle nieder.

»Korrekt. Hör dir das hier mal an: Rauschmittel oder andere bekannte Stoffe toxischer Art wurden nicht isoliert. Da das Serum zu fast hundert Prozent aus einer nicht katalogisierten Substanz unbekannten Ursprungs besteht, können über die exakte Wirkungsweise und etwaige Nebenwirkungen nur Vermutungen angestellt werden. Die Patentamt-Anfragen haben bisher nichts ergeben ... bla bla bla. Es folgt noch jede Menge chemisches Allerlei.«

»Hört, hört. Eine nicht katalogisierte Substanz unbekannten Ursprungs. Klingt, als hätte ein gewisser Agent Mulder den Bericht verfasst. Sollen wir 'ne X-Akte daraus machen?«

»Ich glaub nicht, dass derjenige, der in diesem Fall unsere Berichte zu lesen wünscht, genügend Sinn für deinen Humor mitbringen wird.« Devcon spürte, dass er gern eine rauchen würde, und hielt nach den Schokoladenkeksen Ausschau, die er aber gestern bereits aufgegessen hatte.

»Unsere Berichte? Soll das heißen, wir bilden tatsächlich eine Mordkommission für diesen Fall?«

»Nachdem mir vorhin mitgeteilt wurde, dass ich mich als Ermittlungsleiter bei einer zu bildenden Sonderkommission mit minimaler Personalstärke anbiete – ja.«

Kartan sah ihn verständnislos an.

»So sieht's aus, mein Bester. Und du bist selbstverständlich von Stunde Null an involviert. Also dann – willkommen in der SOKO Paradise.«

»Wow. Du meinst, wir machen daraus 'ne echte Harry-hol-schon-mal-den-Wagen-Nummer?«

»Der Witz ist, dass wir offiziell gar nicht ermitteln. Deshalb werden wir personell auch nicht besonders ausgestattet.«

»Aber es ist doch bekanntlich ein grober kriminaltaktischer Fehler, eine Mordkommission in der Anfangsphase zu schwach zu besetzen, da Ermittlungsmaßnahmen, die aus personellen Gründen zurückgestellt werden müssen, zu einem späteren Zeitpunkt erfahrungsgemäß nicht nachgeholt werden können ...«

»Was nicht ohne nachteilige Folgen für den Aufklärungserfolg und die Beweisführung bleibt. Meinst du, das hätte ich denen nicht auch gesagt?«

»Fakt ist außerdem, dass es um eine unbekannte Substanz unbekannten Ursprungs mit unbekannter Wirkungsweise geht. Spontan gefragt, hätte ich das erst mal im Drogenressort angesiedelt. Von mir aus auch inoffiziell.«

»Solange wir so gut wie nichts über die Wirkungsmechanismen wissen, ist auch vorsätzlicher Mord nicht auszuschließen. Möglicherweise stellt sich heraus, dass die Substanz ein neuartiges Gift enthält, das nicht so ohne Weiteres nachweisbar ist.«

»Bevor wir den ganzen organisatorischen Rattenschwanz in Bewegung setzen, warten wir also erst mal auf weitere Laborergebnisse?«

Devcon legte das Papier zur Seite und fuhr sich mit seinen auffällig großen Händen durch das kurze, grau melierte Haar. »Wenn wir wissen wollen, ob das Mädchen ermordet wurde, ob also Absicht vorlag, dann müssen wir zuallererst die Frage klären, ob die zum Tod führende Wirkung der Substanz sich generell einstellt.«

»Oder nur bei zu hohen Dosierungen, oder in Wechselwirkung mit anderen Mitteln oder bei bestimmten gesundheitlichen Konstellationen.«

»Was das Verdachtsmoment der vorsätzlichen Tötung im Einzelfall trotzdem nicht vollständig ausschließen würde.«

»Na, bestens. Hast du die Tatort- und Ermittlungsgruppen schon personell besetzt?«, fragte Kartan, während er sich hinabbeugte und die Bügelfalte seiner Bundfaltenhose zurechtzupfte. Im Gegensatz zu Bluejeans-Fan Devcon trug er stets Anzug, in der kalten Jahreszeit kombiniert mit Rollkragenpullovern – seit eine Freundin seiner Schwester behauptet hatte, dass Frauen das an Männern besonders erotisch fänden. »Oder soll'n wir die Sache erst mal nur auf Wiedervorlage legen?«

»Schön wär's. Nein, mein Lieber, wir steigen gleich voll ein. Und eines noch, kein Sterbenswörtchen zur Presse, klar?«

»Klar. Oder meinst du, ich ruf da jetzt gleich an?«

»Falls wir es tatsächlich mit einer neuen Droge zu tun haben, noch dazu mit so einer, müssen wir nicht auch noch für unnötige Publicity sorgen. Es gilt die höchste Geheimhaltungsstufe.«

»Order unserer Obrigkeit, die dich auch über deine freiwillige Meldung zum Ermittlungsleiter in Kenntnis gesetzt hat, nehme ich an?«

»Falsch. Die Nominierung wurde von ganz oben angeregt.«

»Wie, soll das heißen, sie kam direkt aus dem Bundeskriminalamt?«

»So ist es.«

»Mach keine Witze.«

»Keineswegs. Mir ist auch überhaupt nicht zum Lachen zumute.«

7

Die Zeit der neuen Kicks in wechselnden Affären war vorbei. Die Seitensprünge hatten stets nur eine kurze Befriedigung ihres sexuellen Verlangens gebracht, das galt sowohl für den smarten Investmentbanker Josie Jones – das eingetragene Pseudonym, unter dem er seinen Beruf ausübte – als auch für Sandra, eine nicht minder erfolgreiche TV-Journalistin. Insofern war es ihnen nicht allzu schwergefallen, die Suche nach immer neuen, aufregenderen Partnern einzustellen.

In ihren zwölf Ehejahren hatten sie es weit gebracht: Das schicke Eigenheim zum Niedrig-Zins, der – freilich geleaste – Mercedes SLK, ihr geliebter VW-Beetle. Und das Feriendomizil auf den Kanaren war auch schon anvisiert. Kinder hatten in ihrem Leben nie eine Rolle gespielt. Wie viele ihrer Bekannten vertraten sie die Auffassung, dass der Fortbestand der menschlichen Rasse bei einer Bevölkerungszahl von über sechs Milliarden ebenso gut auch ohne die Weitergabe ihrer Gene gesichert sei.

Dass mit ihrer Libido etwas nicht stimmen konnte, war den beiden Enddreißigern durchaus bewusst. Aber das ließ sich recht einfach durch die Macht der Gewohnheit erklären. Den Besuch bei einem Paar-Therapeuten hatten sie nie in Erwägung gezogen. Dafür war ihnen das Problem nicht zentral genug erschienen. Und seit etwa drei Monaten half Paradise – wobei sie sich die Disziplin auferlegt hatten, es ausschließlich an den Wochenenden zu nutzen. Nicht, um Geld zu sparen, sondern ihre Kräfte. Der ausgiebige Trip ins Zentrum der Lust zehrte mitunter gehörig an der Substanz.

Über den Fernsehbildschirm flackerte der Abspann von Roberto Benignis Tragikomödie »Das Leben ist schön«, als Josie mit den beiden Sprühfläschchen in der Hand ins Wohnzimmer zurückkehrte. Es war kurz nach elf – höchste Zeit für das neue Samstagritual. Sandra genoss die letzten Tropfen des Moët & Chandon. Josie zündete die Kerzen in den massiven Tischleuchtern an und machte das Licht aus. Sie entkleideten sich, kuschelten sich auf der vor dem Kamin ausgebreiteten Wolldecke aneinander und sogen die farblose Flüssigkeit ein.

Ja – du fühlst es auch. Ich weiß es! Das Kribbeln in seinem Leib wurde stärker. *Gleich – gleich – und du bist wieder bei mir!*

Er rollte sich von der Decke. Ihm war heiß, sehr heiß. Er stand auf, lief zwei, drei Schritte weiter und legte sich rücklings auf die fußbodenbeheizten Fliesen, nur weg vom Kamin. Die Arme und Beine weit vom Körper gestreckt, leckte er sich die Schweißperlen von der Oberlippe und lauschte dem Knistern der brennenden Holzscheite.

Jede Zelle in meinem Körper schreit schon nach dir! Hörst du es? Sein Puls hämmerte, die Farben der Nacht flossen ineinander und die Konturen des üppigen Deckenlüsters begannen, sich aufzulösen. Das immer stärker werdende Kribbeln machte ihn schwindlig, trieb ihn bis an den Rand einer Ohnmacht. Seine Augen fielen zu – und da war sie. *Endlich!* Die wohlbekannte Silhouette dieser gesichtslosen Wahnsinnsbraut erschien wie im Zeitraffer aus dem Nichts heraus. Splitternackt und mit einem lasziven Hüftschwung bewegte sie sich direkt auf ihn zu, schwang sich in Brusthöhe über ihn, ließ ihren Po kreisen und beugte sich langsam über seinen Unterleib.

Näher! Näher! Er spürte die Hitze in seinen Lenden und stöhnte laut auf. *Ja – spiel mit mir! Los, spiel mit mir dein unglaubliches Spiel!* Er atmete stoßweise, sein Becken begann zu rotieren, und er streckte die Hände aus, zum Griff in den formvollendetsten Hintern der Welt, unmittelbar vor seinen Augen. Der formvollendetste Hintern – im Rhythmus mit seinen eigenen, immer schneller und ruckartiger werdenden Bewegungen.

Ein Uhr zehn zeigte die digitale Uhr auf dem DVD-Player an. Josie lag reglos da und atmete tief ein, bis sich sein Pulsschlag wieder normalisierte. Dann erhob er sich, tapste nackt über die Fliesen und stellte fest, dass Sandra das Wohnzimmer verlassen hatte. Er stieg in die obere, mit weichen Teppichen ausgelegte Etage und schaute in ihr Zimmer. Die Nachttischlampe war aus, und Sandra atmete gleichmäßig.

Ein Lächeln umspielte seine Lippen, als er ebenfalls ins Bett ging und das starke Erlebnis in sich nachklingen ließ. Diese romantische Vorstellung von einer ewig strahlenden Liebe, die gab es doch nur in den alten Hollywood-Filmen, die er sich manchmal ganz gern ansah. Im wahren Leben konnte er damit nichts anfangen. Er liebte Sandra auf seine Art und wollte sie keinesfalls missen. *Außerdem sind wir ein gutes Team*, war sein letzter Gedanke, bevor er sich auf die Seite drehte und einschlief.

8

Es war Montagmorgen, kurz nach neun Uhr, als Gregor Martens vor der mausgrau gestrichenen Tür ohne Aufschrift ankam. Sein Gesicht war gerötet, der olivgrüne Parka glänzte feucht. Der etwa zehn Minuten lange Weg, den er täglich mit dem Fahrrad zurücklegte, hatte ihn heute durch dicke Nebelschwaden geführt. Aus der Parkatasche zog er ein Schlüsselbund, an dem elf Schlüssel unterschiedlicher Größe baumelten, einige von farbigem Kunststoff am Ende eingefasst. Einen der schlicht silbernen steckte er in das Sicherheitsschloss der schweren Tür.

Heute wartete viel Arbeit auf ihn, mehr als die übliche Pflanzenpflege und das Feilen an seiner Doktorarbeit.

»Klick!« – Staunend stellte er fest, dass nicht abgeschlossen war. Und sein Staunen wurde noch größer, als er eintrat und Franka Bubenhain erblickte. Professor Doktor Franka Bubenhain, weltbekannte Neurologin und Sexualwissenschaftlerin, maßgeblich beteiligt an der Entdeckung von Oxytocin als Orgasmus-Hormon. Sie leitete eine Wissenschaftlergruppe, der er mit seinen eigenen Forschungen angehörte, um zu promovieren. In dem Rahmen beschäftigte er sich mit der Züchtung einer Pflanze, die eine ganz besondere Substanz enthielt: Aus ihr konnte ein Präparat hergestellt werden, das auf dem Markt der Lifestyle-Medikamente zweifellos eine Sensation darstellen würde.

»Ah, guten Morgen, Herr Martens. Da sind Sie ja.«

»Guten Morgen, Frau Bubenhain.« Die Irritation in seiner Stimme war nicht zu überhören.

Hier im Labor ließ sich die attraktive 42-Jährige mit dem granatroten, zum straffen Zopf gebundenen Haar nur selten sehen. Meistens kam sie, um Nachschub zu holen, rief aber fast immer vorher an, damit die Plastikfläschchen abgefüllt parat standen. In diesem letzten Stadium vor der Freigabe galt ihre Aufmerksamkeit hauptsächlich den Probanden, deren Aufenthaltsort nur ihr und dem Leiter des Ärzteteams, Dr. Hans Küster, bekannt war. Die strenge Geheimhaltung gebot sich, um zu verhindern, dass der Markt schon vor der offiziellen Einführung mit Nachahmer-Medikamenten - den sogenannten Generika - überschwemmt wurde.

»Wusste gar nicht, dass Sie heute vorbeischauen würden.«

»Das war auch nicht geplant. Es gibt Komplikationen.« Kerzengerade saß sie auf einem Holzschemel, den sie unter der Arbeitsfläche hervorgezogen hatte, und starrte auf den Bildschirm des Labor-PCs, der einen Kurvenverlauf anzeigte.

»Komplikationen? Welcher Art? Und was untersuchen Sie da eigentlich?«

»Das Hirnwasser zweier Kandidaten, die an unserem Experiment teilnehmen. Ich habe eine Vermutung, eine schlimme Vermutung, und kann nur hoffen, dass sie sich nicht bestätigen wird.« Langsam wandte sie sich zu ihm um. Ihre kaum geschminkten, mandelförmigen Augen, auffällig durch die außergewöhnliche Farbe - ein Jadegrün - spiegelten enorme Besorgnis wider. »Mit einem Ergebnis kann ich noch nicht dienen. Fest steht aber jetzt schon, dass wir uns wohl zu früh gefreut haben.«

»Zu früh gefreut? Wie meinen Sie das?«

Franka Bubenhain schwieg und studierte noch einmal den Bildschirm, bevor sie sich erneut ihm zuwandte.

»Nun, vor kurzem zeigten die ersten der Testpersonen ein plötzliches Suchtverhalten, und wir müssen dringend die Ursache dafür finden. Bisher gab es ja keine Anomalien. Das heißt, bis auf ein völliges Desinteresse an der herkömmlichen geschlechtlichen Vereinigung. Aber das war nicht weiter verwunderlich, schließlich leben die Probanden völlig isoliert. Sie müssen sich also zwangsläufig auf sich selbst konzentrieren.«

»Und jetzt hat sich doch noch ein anderer Grund für dieses plötzliche Suchtverhalten gezeigt, oder wie?«

»Nun, präzise gesagt, habe ich erst bewusst danach suchen müssen. Wie Sie wissen, resultiert der spektakuläre Effekt unseres Serums daher, dass es unmittelbar dort wirkt, wo die sexuellen Triebe des Menschen hauptsächlich gesteuert werden - im Gehirn, genauer gesagt im Hypothalamus, unserer Hormonschaltzentrale, wenn man so will. Durch AS-371 wird offenbar ein

Schlüsselbotenstoff freigesetzt, der diese Schaltzentrale unter anderem vor allem zur Bildung von Oxytocin veranlasst, und das ist genau das Hormon, das eben nicht nur vertrauensbildend wirkt, sondern auch bei der Erregungskaskade eine wichtige Rolle spielt. Bei zu häufiger Anwendung von AS-371 könnte es zwar durchaus zu einer Art Drogenwirkung kommen, wenn die notwendigen Botenstoffe nicht mehr in ausreichender Menge nachproduziert werden können und …«

»Ja, aber das war doch das Ursprungsproblem bei der Konzentration und Dosierung des Serums, richtig?«, unterbrach Gregor Martens, dem im Moment nicht der Sinn nach einem Crash-Kurs in Neurobiologie stand.

»Richtig. Und wir dachten, das entsprechend gelöst zu haben. Immerhin testen wir schon eine ganze Weile ohne auch nur das geringste Anzeichen von Nebenwirkungen festgestellt zu haben. Wobei, wie gesagt, der Rückgang anderer natürlicher Triebe, insbesondere des sexuellen, unter Laborbedingungen durchaus als normal anzusehen ist.«

»Und jetzt ist also etwas Anormales passiert?«

»Nun, der Ausdruck *anormal* beschreibt die Vorkommnisse leider nicht ganz so treffend.« Franka Bubenhain atmete tief und hörbar ein, die feingliedrigen Hände in den ausgeleierten Taschen ihres nicht mehr ganz weißen Laborkittels vergraben, bevor sie in sachlicher Tonlage fortfuhr. »Zunächst klagten die Betroffenen lediglich über Appetitlosigkeit und leichte Kreislaufprobleme. Und das auch nur vereinzelt. Ein direkter Zusammenhang mit AS-371 ließ sich nicht herstellen, also haben wir die Testreihe fortgesetzt. Ein schwerer Fehler, wie sich bald herausstellen sollte, denn inzwischen treten ganz andere Symptome auf. Symptome wie vorübergehende Apathie, Fieberanfälle oder sogar massive Atmungsstörungen, wenn wir die Dosis für die betroffenen Personen nicht ständig erhöhen. Kurz gesagt, wir haben es mit einer massiven immunologischen Entgleisung zu tun.«

»Und woran kann das liegen?«

»Das versuche ich gerade herauszufinden, indem ich das Hirnwasser eines gesunden Probanden mit dem eines Erkrankten vergleiche. Eine Vermutung habe ich schon. Und wie es aussieht, bestätigt sie sich leider.«

Franka Bubenhain deutete auf das Bildschirmdiagramm und hielt ihm einen Computerausdruck hin, auf dem ebenfalls der Verlauf einer Fieberkurve dargestellt war, die sich deutlich von der ersten unterschied. »Allem Anschein nach haben sich im Hirnwasser des erkrankten Probanden Moleküle verändert, genauer gesagt scheinen sich Fremdkörper gebildet zu haben – und es würde mich nicht wundern, wenn sich herausstellt, dass sie toxischer Natur sind.«

Gregor Martens' blassblaue Augen spiegelten Entsetzen wider. »Nein. Das kann nicht sein. Wir haben die betreffende Substanz doch bestimmt tausend Mal daraufhin untersucht, ob sie Gifte oder sonstige schädliche Stoffe enthält. Wir können uns unmöglich dermaßen geirrt haben!«

»Das ist furchtbar, ich weiß. Gleichzeitig ist es leider auch eine logische Erklärung für die Symptome der Betroffenen. Natürlich werde ich erst noch weitere Hirnmessungen vornehmen, bin aber relativ sicher, dass die Tomographien meine Theorie bestätigen werden.«

»Und wie lautet Ihre Theorie?«

Das ebenmäßige Gesicht der Professorin nahm einen seltsam resignierenden Ausdruck an. Einen Ausdruck, den er bisher nicht an ihr kannte.»Es ist das alte Spiel. Das Prinzip der Natur, die genau dort, wo sie die größten Freuden bereit hält, auch ihre größte Zerstörungskraft entfalten kann.«

Martens erschauerte, obwohl er kein Wort verstand.

»Es ist vermutlich höchst simpel«, fuhr Franka Bubenhain mit ernster Miene fort. »Nach unserem derzeitigen Forschungsstand und nicht zuletzt dank der Tests an unseren Probanden wissen wir, dass AS-371 primär die Bildung eines Schlüsselbotenstoffs bewirkt, der den Hypothalamus dazu veranlasst, die Erregungsspirale bis hin zur Orgasmusauslösung in Gang zu setzen. Da wir die exakte Zusammensetzung dieses Botenstoffes aber nicht kennen, wissen wir nicht, wie schnell er sich wieder abbaut, und ob er weitere biochemische Prozesse auslöst. In der beteiligten Hirnregion werden ja noch weitere Funktionen gesteuert, lebenswichtige Funktionen wie Atmung, Nahrungsaufnahme, Kreislauf und Körpertemperatur. Und die Symptome der Betroffenen weisen in aller Deutlichkeit darauf hin, dass die dortigen Rezeptoren offenbar massiv geschädigt wurden, wie bereits erwähnt, wahrscheinlich durch Ablagerung molekularer Rückstände toxischer Natur. Den körpereigenen Botenstoffen wird das Andocken so natürlich mit jeder weiteren Einnahme erschwert.«

»Und das würde bedeuten ...«

»Dass AS-371 auch in der jetzigen Konzentration und Dosierung nichts anderes ist als eine hochgefährliche Droge, die bei längerer Anwendung über kurz oder lang unweigerlich zum Tod führt.«

9

Vor seinen Augen tanzten Nebelschwaden. Die Tränen entlang seiner Wangen brannten wie Lavaströme. Sein Elixier des Lebens – wo war es? Wieder und wieder tastete er seine Umgebung ab. Da – unmittelbar vor ihm! Er griff zu. Und jaulte laut auf. Das Plastikfläschchen war fast leer.

Josef, wo bist du? Mindestens zwanzig E-Mails hatte er versandt. Fünf allein gestern. Keine war beantwortet worden. Vor Schmerzen halb wahnsinnig versuchte er aufzustehen. Keine Chance. Sein Körper gehorchte nicht mehr. Er sank zurück in die Sofakissen. Er wollte schreien, laut schreien, aber seine Lungen schienen zu bersten. Die Luft kam kaum noch durch.

Josef! Bitte hilf mir! Es wurde dunkel um ihn. Mit letzter Kraft saugte er den kleinen Rest Serum aus dem Nasenspray heraus – und es reichte: Das Schädelvibrieren setzte aus, seine Glieder entkrampften sich.

Josef und alles andere – vergessen. Verbannt in eine fremde, unendlich weit entfernte Welt. Die Hände auf den Unterleib gepresst, wartete er – wartete auf die Erlösung aus dem Flakon der Lust.

Doch dann explodierte etwas hinter seiner Stirn. Und Feuerbrünste loderten in ihm hoch. Sie fraßen sich durch seinen Körper. In immer schnelleren Schüben. Vor seinen Augen – ein wilder Strudel aus grellen Farben. Sein Körper begann zu zucken. Wie bei einem Epilepsieanfall. Stärker und stärker, als ob das brennende Inferno dadurch nach außen getrieben werden könnte. Bis sein Körper abrupt erstarrte. Erstarrte zu einer einzigen Masse aus Schmerz. Ein Schmerz, der den Geist lähmte. Mehr und mehr lähmte, im Kampf gegen einen rasch wachsenden, schwarzen Schlund, der ihn unerbittlich einsaugte.

Wehr dich! Sei stark! Lass dich nicht unterkriegen!, schrie eine Stimme tief in seinem Inneren.

Und verstummte.

»So richtig interessant finde ich unseren neuen Fall bis jetzt nicht«, bemerkte Kartan und beobachtete, wie Devcon die Krawatte löste und in die unterste Schreibtischschublade beförderte. Freitagnachmittag, vier Uhr. Auch in dieser Woche waren sie in ihren Ermittlungen nicht wesentlich vorangekommen.

»Was mich schon die ganze Zeit über quält: Hast du mittlerweile was von den Reaktionen des Rhesusaffen gehört?«

Devcon fixierte ihn mit ausdrucksloser Miene.

»Laut Laborbericht sollte das Nasenspray einem lebenden Organismus verabreicht werden, richtig? Zur Beobachtung der genauen Wirkungsweise. Und für so was nehmen die meines Wissens immer Rhesusaffen.«

Devcon sog hörbar die Luft ein. »Keine weiteren Infos. Weder aus dem Labor noch aus der Pathologie. Absolute Funkstille auf allen Kanälen.«

Kartan schnalzte mit der Zunge und trat ans Fenster. »Sind die alle im Vorweihnachtsstress? Da geht ja rein gar nichts im Moment. Die anderen Abteilungen haben sich auch schon beschwert. Wie soll man da vernünftig arbeiten?«

»Für den Fall, dass es dir hier zu langweilig wird – die Kollegen vom Streifendienst sind für jede Unterstützung stets dankbar.«

»Bei dem Wetter wahrlich kein Vergnügen.«

Mitsamt Sessel drehte Devcon sich um und schaute raus. Viel sah er nicht durch das Schneeregengestöber.

»Idyllisch, ihr zwei da am Fenster. Eine Repräsentation des Berufsbeamtentums ohne Worte«, rief Regina Tamm, Devcons Büromanagerin, und kam mit klappernden Stiefelabsätzen herein. »Michael, unten am Empfang ist jemand für dich. Jim, hier sind die Bereitschaftspläne der K11. Und eh ich es vergesse – Montagmittag, vierzehn Uhr, Dienststellenleiter-Meeting.«

»Ohne mich! Kein Bullshit-Bingo schon montags. Und außerdem ist Kollege Mosert nicht da.«

Mit Ingolf Mosert, dem Leiter der K64, hatte sich Devcon in Anlehnung an ein Spiel zur Blütezeit der New Economy auf zehn der gebräuchlichsten Worthülsen geeinigt, die bei diesen Besprechungen regelmäßig fielen. Beispiel: Synergiepotential. Wer als erster drei der Begriffe registriert und aufgeschrieben hatte, hob die Hand und rief: Bullshit!

»Schön. Welchen Grund für deine Abwesenheit darf ich Polizeipräsident Fringe diesmal angeben?«

»Dringende Ermittlungen in *echten* Kriminalfällen.«

»Die Standardformel. Dann mach dich schon mal darauf gefasst, dass Fringe sich direkt zu dir durchstellen lassen wird, langsam bekommt er nämlich Probleme, das vor den anderen Teilnehmern glaubhaft zu vertreten. Okay, ich bin dann weg, wenn sonst nichts mehr ansteht. Oder brauchst du mich noch?«

»Also, wenn ich stören sollte ...« Kartan grinste dreckig.

»Avanti, Michael! Ich hab denen am Empfang gesagt, du meldest dich gleich und nicht erst in hundert Jahren!«

Er salutierte und nahm den Hörer, während sie ein »Schönes-Wochenende-Allerseits« wünschte und nach draußen klapperte.

»Wow! Gibt's nicht. Bleib wo du bist, bin gleich bei dir!« Kartan warf den Hörer beiseite und sprintete aus dem Büro. Devcon sah ihm kopfschüttelnd nach.

»Warum hast du mir nicht früher gesagt, dass du herkommst, eventuell hätte ich mich dann auch für ein paar Tage freimachen können«, ertönte kurz darauf vom Flur her erneut die Stimme Kartans.

»Meine Güte. Euer Präsidium ist ja 'ne echte Antiquität«, ließ sich eine helle, weibliche Stimme vernehmen.

»Stimmt. Deshalb steht ein paar Straßen weiter das neue Gebäude, in das wir laut Plan vor zwei Jahren hätten umziehen sollen. In die hessische Baurealität übertragen dürfte es also in circa fünf Jahren tatsächlich soweit sein.«

Sichtlich amüsiert trat Devcon in den Flur – und blickte direkt in ein lebhaftes Augenpaar mit stahlblauer Iris.

»Jetzt sag mir endlich, was wirklich los ist«, forderte Kartan die zierliche Person, in ihren Sportschuhen fast ebenso groß wie Devcon, offenbar zum wiederholten Mal auf. Sie drehte den Kopf zur Seite, sodass er das Gewirr aus dunkelbraunem Haar sah, gehalten von einem breiten roten Band, passend zur figurbetonten, signalroten Daunenjacke.

»Mensch, Michael, du weißt es tatsächlich noch nicht? Das ist ja ein dicker Hund.«

»Private Dates bitte außerhalb des Präsidiums«, sagte Devcon, den Blick nach wie vor gefällig auf sie gerichtet.

Sie drehte sich betont langsam zu ihm um. »Liebe Güte, was'n das für'n Freak!«

Kartan schnappte nach Luft. »Darf ich vorstellen, meine Schwester", sagte er mit gequälter Miene zu Devcon, wandte sich aber gleich wieder an sie. »Volltreffer, Tatjana, wirklich wahr! Nur zu deiner Information: Der Mann hier, den du gerade als Freak tituliert hast, dürfte dir vom Hörensagen her eigentlich nicht ganz unbekannt sein. Oder sagt dir der Name Jim Devcon nichts?«

Tatjana Kartan erstarrte. Und überlegte angestrengt, wie sie die Situation noch retten könnte.

Bis Devcon nach einer unangenehm langen Musterung sagte: »Nun, eine gewisse Ähnlichkeit lässt sich beim besten Willen auch nicht abstreiten.« Er trat einen Schritt auf sie zu, die Augenbrauen steil nach oben gewölbt. »Also gut, meine Liebe, dann hör mal zu. Ich erzähl dir nämlich nur einmal, wie es hier läuft. Erstens. Wie du soeben hoffentlich mitbekommen hast, bin ich der Boss dieser illustren Abteilung. Das heißt im Klartext für dich, in letzter Instanz unterstehst du ausschließlich meinen Weisungen, verstanden?«

Sie sah ihn irritiert an. Er fuhr unbeirrt fort. »Zweitens. Thema Mitbestimmung. Solltest du irgendwann mal zu dem Schluss kommen, dass eine deiner Ideen besser sein könnte als meine, kannst du mir das gern sagen. Ich bitte sogar darum. Aber grundsätzlich vor der Ausführung. Wie ich auf Soloaktionen reagiere, insbesondere auf die von Anfängern, kann dir dein Bruder haarklein berichten. Klar, soweit?«

Tatjana Kartan deutete ein Nicken an.

»Bleibt noch drittens, Betriebsklima, Stichwort Mobbing. Wer meint, er müsse es unbedingt probieren, sollte eines dabei nie vergessen – ich mobbe immer zuletzt. Noch irgendwelche Fragen außerhalb des operativen Bereichs?«

»Nein.«

»Gut. Wenn du dich jetzt noch damit arrangieren kannst, deine Zunge in Zukunft ein wenig zu hüten, dann – und nur dann! – beginnt ab Montagmorgen, sieben Uhr, deine Probezeit hier bei der Kripo in Frankfurt.«

»Wie, jetzt am Montag? Im Vertrag steht doch ...«

»Ich habe aber soeben spontan umentschieden, und die Personalabteilung ist mein Problem!«

Michael Kartan starrte Devcon völlig verblüfft an und richtete den Blick dann auf seine Schwester. Die schwieg und versuchte ein Pokerface.

10

Josie fror entsetzlich. Es war Samstag, früher Abend. Er lag im Bett, vermummt in eine dicke, mit Daunenfedern gefüllte Decke. Seine Glieder schmerzten wie von tausend Nadeln durchstochen. Sein Atem ging schwer.

Sandra erwartete er erst am Sonntagabend zurück. Sie war gestern zum gebuchten Wochenendtrip nach London aufgebrochen. Eine Freundin begleitete sie. In seinem Zustand hatte er lieber nicht fliegen wollen.

Er griff nach dem Glas Wasser auf dem Nachttisch, in dem zwei Aspirin vor sich hinsprudelten. Die drei verschiedenen Präparate gegen Erkältung, die er durchprobiert hatte, zeigten bisher keine Wirkung. Das Fieberthermometer stieg immer wieder bis kurz unter die Vierzig-Grad-Markierung. Ihm war permanent schwindelig, und seine Nase lief unablässig. Er wartete nur noch auf den schleimigen Hustenauswurf. Mit größtem Widerwillen schlug er die von seinem Schweiß durchnässte Decke zurück, setzte sich auf und stieg vorsichtig aus dem Bett. Auf dem Weg ins Badezimmer musste er sich an den Wänden abstützen, damit ihn sein rotierender Kreislauf nicht von den Füßen holte. Ein heißes Erkältungsbad! Danach würde er sich bestimmt besser fühlen. Wenn nicht, würde er gleich Montag früh zum Arzt gehen.

Bis dahin blieb Paradise, das er auch am Freitagabend ausnahmsweise schon benutzt hatte. Er verstand zwar selbst nicht, wie er in seinem Zustand nur daran denken konnte. Gestern Nacht hatten ihm die Ausflüge mit der gesichtslosen Schönheit aber zumindest vorübergehend Linderung verschafft.

»Du hast noch gar nichts zu meiner neuen Errungenschaft gesagt.«

Tatjana Kartan sah zum Fernseher hin. Seitdem sie gestern Abend in der Wohnung ihres Bruders angekommen war, hatte sie sich bemüht, das große Toshiba-Gerät mit einer Leinwandbreite von 107 cm geflissentlich zu übersehen. Nun musste sie sich wohl dazu äußern. »Toll. Das Programm ist aber noch das gleiche?«

»Witzig. Was ich dagegen überhaupt nicht witzig finde ist, dass du mir kein Sterbenswörtchen gesagt hast! So geht man wohl kaum mit dem eigenen Bruder um, oder?«

»Nun hör endlich mal auf damit! Ich habe es dir doch oft genug erklärt. Wenn ich dich eingeweiht hätte, dann hättest du ein gutes Wort für mich eingelegt, und ich wollte die Stelle aber nicht durch Vitamin B!«

»Aha, und was war das gestern? Ein hochoffizielles Vorstellungsgespräch?«

»Es gab vorher Telefonate ...«

»Du hast schon mehrfach mit Jimbo telefoniert und trittst dann so schwungvoll ins Fettnäpfchen?«

»Richard hat telefoniert.«

»Was, das Fossil?« Gemeint war Kriminalhauptkommissar Richard Kollberg. Mit ihm war Tatjana fast sechs Jahre lang liiert gewesen. Und Michael Kartan hatte auf Anhieb eine Antipathie gegen ihn entwickelt, die sich nicht mehr verloren hatte. Er fand ihn mit seinen einundsechzig Jahren deutlich zu alt für seine gerade erst fünfunddreißigjährige Schwester.

»Du meinst also, er hat die Sache für dich klargemacht? Er lässt dich nach Frankfurt? Darf ich daraus schließen, dass ihr euch getrennt habt?«

»Was nicht geht, geht nicht.« Gleichmütig blätterte sie in einem Wochenmagazin. Dass der für seinen Jähzorn berüchtigte Hauptkommissar sie beim letzten Streit versehentlich so fest gegen eine Schrankkante gestoßen hatte, dass sie am Hinterkopf geblutet hatte, verschwieg sie. Der Schorf der Wunde wurde durch ihr Haar verdeckt. Außerdem fühlte sie sich nicht ganz unschuldig – wegen der kräftigen Ohrfeige, die sie ihm zuvor verpasst hatte.

»Und? Hast du schon versucht, eine Wohnung zu bekommen?«

Sie schlug die Zeitung zu. »Von Hamburg aus? Wie hätte ich das denn machen sollen? Per virtueller Besichtigung? Donnerstag war mein letzter Arbeitstag in Hamburg! Und ich habe noch meinen halben Jahresurlaub und jede Menge Überstunden, also wollte ich die freien Tage nutzen, um hier eine Wohnung zu suchen. – Ich hab doch noch nicht mal richtig gepackt ... «

»Okay, okay, reg dich nicht auf, das kriegen wir schon hin.« Michael Kartan waren die Tränen in den Augen seiner Schwester nicht entgangen. »Eine Weile kannst du ja hier bleiben, und dann sehen wir in Ruhe weiter.«

»Wer rechnet auch damit, dass ich gleich anfangen soll! Im Vertrag stand der erste Januar!«

»Dabei wäre es mit Sicherheit geblieben, wenn nicht irgendeiner dieser Spaßvögel aus dem BKA dafür gesorgt hätte, dass uns so eine bescheuerte SOKO aufs Auge gedrückt wurde.«

»Bitte, was? Habt ihr so wenig zu tun, oder was?«

»Dann hätten wir wohl kaum die zweite offene Planstelle innerhalb von sechs Monaten zu vergeben gehabt.«

»Was ist mit Devcons direktem Draht zur Chefetage, von dem du immer gefaselt hast? Wieso konnte er die SOKO über diesen Mann denn nicht verhindern lassen? Oder ist der in der Zwischenzeit gestorben?«

»Selbst der Präsident des Polizeipräsidiums Frankfurt am Main kann sich den Wünschen des BKA nicht so ohne Weiteres entziehen. Schließlich sind wir immer wieder auch auf sie angewiesen. Und nein, Fringe ist nicht gestorben, sondern erfreut sich bester Gesundheit.«

Der Polizeipräsident und Devcon, sie waren zumindest weitläufig miteinander verwandt und hatten sich daher gelegentlich auch bei Familienfeiern getroffen – bis zum »Day of doom«, wie Devcon es heute noch nannte. Es war der Tag vor nunmehr acht Jahren, an dem seine dritte Frau – eine Cousine zweiten Grades von Fringe, wegen der Devcon seinerzeit nach Deutschland übergesiedelt war – von einer Bestie in Menschengestalt ermordet worden war: Kehlschnitt in Zickzackform, langsam ausgeführt – das Markenzeichen eines hochintelligenten Psychopathen, der sich selbst *Cherub* nannte, nach einem biblischen Wächter mit Flügeln und Tierfüßen. Und den Devcon höchstpersönlich zuvor verhaftet hatte. Aufgrund eines Verfahrensfehlers war Cherub jedoch binnen vierundzwanzig Stunden wieder auf freien Fuß gelangt – und quasi stante pede zur Vergeltung geschritten. Die Akte Cherub konnte bis heute nicht geschlossen werden: Sein bisher letztes und nunmehr zwölftes Opfer war vor neun Monaten in der Nähe von Rotterdam gefunden worden.

»Und worum genau geht es in dieser vom BKA veranlassten SOKO?« Tatjana zog die filigran gezupften Augenbrauen hoch. »Irgendein Bezug zu euch muss dabei doch vorliegen – Himmel, was für ein abartiger Klingelton! Hört sich an wie ein alter Wecker, nur zehnmal so laut.«

»So sollte es auch sein. – Hallo? ... Ah, du bist es ... was? ... Okay. Sind unterwegs.«

»Was ist?«

»Sieht so aus, als würdest du gleich im praktischen Anschauungsunterricht erfahren können, wie unsere SOKO funktioniert.«

»Versteh ich nicht.«

»Auf, auf. Los geht's. Einsatzkommando.«

»Wie, für mich auch?«

»Amtshilfe aus Hamburg angefordert – so lautet ab jetzt die offizielle Begründung für die Vorverlegung deines Dienstbeginns. Das hat Jimbo gerade gesagt. Aber keine Sorge, Urlaub und Überstunden werden dir natürlich gutgeschrieben ...«

»Ja, ja, wie gehabt.«

11

Michael Kartan spie seinen Kaugummi in den nächsten Gully, nachdem er seinen schwarzen Audi A4 auf die Baustellenkiesfläche gelenkt hatte. Alle Parkbuchten in der Stephanstraße, eine Parallelstraße zur Zeil – der am drittstärksten frequentierten deutschen Fußgängerzone – waren belegt. Zwei davon durch einen Streifenwagen und die Ambulanz. Direkt dahinter stand Devcons Wagen, ein BMW 525 TDS in Titansilber. Zielobjekt war ein Mietblockneubau an der Katzenpforte, am anderen Ende des Weges entlang der aus dem Boden ragenden Entlüftungsröhren.

»Fünfter Stock«, sagte der uniformierte Beamte im Flur und wies auf den Lift.

»Offenbar das Domizil eines Messies«, meinte Michael Kartan beim Eintritt in die betreffende Wohnung. Überall lagen gebrauchte Kleidungsstücke und leere Plastikflaschen. Auf dem verschmutzten Wohnzimmertisch standen mehrere überquellende Aschenbecher. Tatjana Kartan verzog das Gesicht, als ihr in dem stark überheizten Raum ein beißender Geruch in die Nase stieg.

»Tobias Körns, Todesursache offiziell unbekannt«, rief Devcon, in Jeans und Lederjacke. Er deutete auf die Leiche hinten auf dem Sofa. Der Tote lag rücklings in den Kissen, die Finger beider Hände in den entblößten Unterleib gekrallt. Die Haut wirkte wie Pergament – erste Verwesungsspuren. Die Augen waren gebrochen, der Mund stand weit offen. Fette Schmeißfliegen kreisten laut surrend durch den Raum, offenbar von ihrem Festmahl aufgeschreckt.

»Schafft die Leute raus! Sofort! Das ist ein abgeriegelter Tatort! Oder seh' ich vielleicht aus wie der Moderator von so einer beschissenen Reality-Show?« Devcons dunkle Augen loderten vor Zorn, nachdem er zwei junge Frauen erblickt hatte, die sich mit den Kartans hereingeschlichen haben mussten, und die jetzt mit unverhohlener Neugier im Blick auf den Toten starrten. Einer der beiden vor der Wohnungstür postierten Beamten flitzte herein und führte sie eilig nach draußen.

»Er hört gerade mit dem Rauchen auf«, raunte Kartan dem Polizeifotografen zu, der Devcon kopfschüttelnd musterte – was dieser glücklicherweise nicht mitbekam.

»Der Doc meint, dass der Junge seit gut einer Woche tot ist. Offensichtlich wurde er aber erst heute ernstlich vermisst.«

Tatjana Kartan starrte betroffen auf den ausgemergelten Leichnam.

»War das die Vogelgrippe?«, fragte ihr Bruder und kassierte die bitterbösen Blicke aller im Raum anwesenden Personen.

»Übrigens handelt es sich um den Großneffen einer stadtbekannten Politikerin«, fuhr Devcon fort. »Mehr brauche ich zum Thema Geheimhaltung wohl nicht zu sagen.«

Michael Kartan runzelte die Stirn. »Wer hat ihn gefunden?«

»Der Hausmeister. Er hat die Wohnung auf Veranlassung der Eltern heute geöffnet.«

»Und wie kam es zu der Eingebung?«

»Sie wurden stutzig, nachdem ein Freund aus Schultagen zum wiederholten Mal nach ihm gefragt hatte. Laut seiner Angaben hatten sie sich am Wochenende treffen wollen. Er sei aber die ganze Woche über nicht erreichbar gewesen. Weder privat noch geschäftlich. Die Krankmeldung auf dem Amt datiert vom vorletzten Montag. Seitdem hat man dort ebenfalls nichts mehr von ihm gehört. Na, jetzt wissen wir ja, warum.«

»Wo war das Nasenspray?«

»Dieses verdammte Zeug, das anscheinnend immer nur dann sichtbar wird, wenn eine Leiche in der Nähe ist, lag direkt neben ihm auf dem Boden. Aufgebraucht bis auf den letzten Tropfen!«

Michael Kartan richtete den Blick wieder auf die sterblichen Überreste von Tobias Körns. »Dann woll'n wir mal hoffen, dass nicht irgendwo noch mehr unentdeckte Paradise-Tote auf uns lauern. Haben die Jungs von der Mordbereitschaft schon mit den Hausbewohnern gesprochen?«

Devcon nickte.

»Und?«

»Nichts *und*. Nähere Kontakte sind in diesem Luxus-Wohnsilo offenbar vollkommen unüblich. Da drüben steht sein Computer, also bitte, viel Vergnügen.« Devcon wandte sich ab und begann, sich umzusehen.

Der PC stand auf einem Computertisch, an der langen Wohnzimmerwand, zwischen zwei hohen Kommoden. Tatjana Kartan saß bereits auf dem üppig gepolsterten Drehstuhl und studierte den Bildschirm. »Wireless LAN, ohne Passwort«, sagte sie, als sie merkte, dass ihr Bruder ihr über die Schulter schaute.

»Sehr praktisch.«

Sie stand auf. »Sieh dir die Liste der gesendeten E-Mails an. Alle an denselben Empfänger. In weniger als einer Woche. Und es geht dabei immer nur um die dringende Bestellung einer gewissen *Ware*. Ziemlich eindeutiger Fall von totaler Abhängigkeit, find ich.«

»Das würde ich auch sagen.«

»Aber keine der Mails ist bis jetzt beantwortet worden.«

»Habt ihr was?«

Tatjana Kartan zuckte zusammen, weil Devcon so plötzlich neben ihr stand.

»Mal sehen«, erwiderte ihr Bruder. Er war noch damit beschäftigt, die E-Mails durchzusehen.

»Was ist das?« Sie deutete auf das runde bunte Etwas, das Devcon in seiner Hand hielt – er trug selbstverständlich Plastikhandschuhe.

»Lag bei der Schuhsammlung da vorn im Flur.« Er hielt ihr den Button hin. »Die Farben sind denen auf dem Etikett des Nasensprays ähnlich. Schon mal irgendwo gesehen?«

Sie betrachtete das Fundstück eine Weile und schüttelte dann den Kopf.

»Der Inhalt ist tatsächlich bei allen gleich und mehr als eindeutig«, resümierte derweil Michael Kartan. »Und je frischer sie sind, desto verzweifelter klingen sie. Der Junge scheint in der Tat hochgradig süchtig gewesen zu sein. Seht mal, hier in der letzten verlangt er sogar ganz konkret danach. Und das im ungeschützten Online-Verkehr. Yaba lässt grüßen, kann ich da nur sagen, also ehrlich, wenn das so weitergeht, ist das Internet bald Drogenumschlagplatz Nummer eins.« Yaba, wegen der fatalen Nebenwirkungen auch als Selbstmorddroge bekannt, verdankte die Schlagzeilen als »verrückte Medizin aus Thailand« nicht zuletzt der beharrlichen Präsenz im globalen Netz.

»Lässt sich die Adresse zurückverfolgen?«, fragte Devcon.

»Versuchen können wir's«, erwiderte Michael Kartan, doch seine Schwester schüttelte den Kopf – was ihr einen forschenden Blick von Devcon einbrachte.

»Ich glaub nicht, dass dieser Josef, oder wie er auch sonst heißen mag, so einen blöden Fehler machen würde.«

»Richtig«, stimmte ihr Bruder zu. »Dann könnte er seine Droge gleich am Frankfurter Römer verscheuern.«

»Er wird sich schon entsprechend geschützt haben. Wohl nicht weniger professionell, als es diese Kinderpornotypen in der Regel tun. In Hamburg haben sie vor kurzem zwar mal einen ganzen Ring von denen fischen können, aber nur, weil die Nutzer sich den Zugang zu den Seiten per Kreditkartenzahlung auf ein Konto im Ausland verschafft hatten. Der Rest war dann mittels Rasterfahndung bei den Kreditkartenservice-Unternehmen ein Kinderspiel.«

Michael Kartan wandte sich abrupt zu ihr um. »Eine Kreditkartenrasterung? Und wer hat die Suchkriterien dafür festgelegt?«

»Na, die Staatsanwaltschaft. Und es waren fünf Suchkriterien, um genau zu sein. Außerdem wurden nur die Kreditkartennummern der Herausgefilterten an die Ermittler weitergegeben. Zu den anderen Kontendaten – die die Bundesbeamten für Finanzdienstleistungen übrigens jederzeit klammheimlich online mit ihrem »Großen Rüssel« absaugen können – hatten sie keinen Zugang.«

»Und die Presse hat euch zum Dank trotzdem in der Luft zerrissen und die Öffentlichkeit neu für das Thema Datenschutz sensibilisiert«, erwiderte Devcon mit einem gequälten Lächeln.

»Stimmt genau. Exakt dieselben Leute, die sich ohne zu klagen ihrem Flugzeug in Strümpfen nähern und dabei ein Loblied auf ihre vermeintliche Sicherheit anstimmen, machen ein Fass auf, selbst wenn es um die Verhinderung von Kinderpornographie geht.«

»Und leisten derselben auch noch gefällige Unterstützung dadurch, dass die Anbieter dank der gründlichen Warnung durch das Medienspektakel ihre Seiten jetzt in noch kürzeren Zeitabständen auf neue Server umschalten werden.«

»Lasst es jetzt mal gut sein. Ich glaube nicht, dass wir uns in unserem Fall mit dem Thema Kreditkartenrasterung befassen müssen«, meinte Michael Kartan. »Irgendetwas muss diesen Josef massiv gestört haben. Sonst hätte er zumindest geantwortet.«

Devcon fixierte den Bildschirm. »Würde mich nicht wundern, wenn unser toter Freund hier ebenfalls in Verbindung mit der gesuchten Zeugin gestanden hätte.«

»Andrea Harms? Möglich. Nur würde uns das auch nicht viel weiterhelfen, da sie nach wie vor spurlos verschwunden ist.«

»Well, das ist korrekt. Dummerweise ist es aber schon das zweite Mal, dass wir neben einer Leiche dieses verflixte Nasenspray finden.« Devcons Miene wurde steinhart. »Und genau wie beim letzten Fall sieht es ganz danach aus, dass die ohnehin spärlich gesäten Hinweise ausschließlich in solch einem Kasten da stecken. Ich wäre euch also unendlich dankbar, wenn ihr dem Ding da zur Abwechslung mal was Brauchbares entlocken würdet. Und zwar möglichst, bevor wir den nächsten Todesfall präsentiert bekommen!«

12

Was für eine Strafarbeit, fluchte Josef innerlich. Er saß an seinem Schreibtisch, vor sich mehrere DIN A4-Bögen aus Glanzpapier, auf denen in einheitlicher Größe etwa dreißigmal pro Seite das Wort Paradise zu lesen stand. Die in Regenbogenfarben gestalteten Schriftzüge hatte er aus dem Speicher seines Computers ausgedruckt. Jetzt schnippelte er sie so zurecht, dass sie auf die dafür vorgesehene Fläche der Plastikfläschchen passten. Wenn es nach ihm gegangen wäre, hätte er sie schmucklos übergeben. Den strategischen Hintergrund der Bastelaktion hatte man ihm erst erläutern müssen. Er glaubte allerdings nicht, dass die visuellen Reize der Verpackung das Bedürfnis seiner Kundschaft nach diesem Produkt noch steigern könnte. Und dass es von Bedeutung für die Wirkung des Präparates war, dass der englische Name Internationalität suggerierte, bezweifelte er ebenfalls. Aber er führte diese Aktionen trotzdem durch, das gehörte inzwischen irgendwie zum Geschäft.

Begonnen hatte es vor knapp einem Jahr. Mit dem überraschenden Wiedersehen auf der Eröffnungsfeier des *be my dream.* An die Exklusiveinladung war er über den Job als Hundeausführer gekommen – der Empfänger verweilte zu der Zeit gerade in den Golfferien.

Nie zuvor hatte er so einen Nobelschuppen von innen gesehen. Er kam aus einer ganz anderen Welt. Seine Eltern, wandelnde Klischees erzkatholischer Oberfranken, hatten sich völlig auf die Versorgung seines jüngeren Bruders konzentriert – er litt unter schwerer Hämophilie. *Und du solltest dem Herrgott jeden Tag für das Privileg der Gesundheit danken!* Noch heute riss ihn der Satz ab und an aus dem Schlaf, meist in Kombination mit einer Szene, in der sein blutüberströmter Körper in einer dicken Eisschicht eingeschlossen war. Es war das Bild, das sein Unterbewusstes vom Tag der Katastrophe heraufbeschwor – dem Tag, an dem er nicht nur seinen Bruder verlor: Weit ab vom Schuss hatte er – damals noch ohne Handy – keine rechtzeitige Hilfe für den Elfjährigen organisieren können, der beim Schneewandern gestürzt und aufgrund einer an sich geringfügigen Prellung innerlich verblutet war. Er selbst war von diesem Moment an zu einer Existenz am äußersten Rand der Wahrnehmung seiner Eltern verurteilt.

Als alle Schilder ausgeschnitten waren, nahm er den Kleber zur Hand, verteilte etwas von dem dickflüssigen Stoff auf die Rückseite des ersten Etiketts, drückte es einem der Plastikfläschchen auf und musterte es gedankenverloren. Ein Zurück in sein altes Leben – ein Leben im Kerker zwanghafter Selbstbezogenheit – das durfte es nicht geben. Niemals! Und um das sicherzustellen, brauchte er laut dem Mann, der ihn einst aus seinem Leid erlöst hatte, und dem er nun abermals die Lenkung seiner Geschicke anvertraut hatte, vor allem eines: Finanzielle Unabhängigkeit.

Das Geld aus dem Paradise-Geschäft lagerte in einem Depot bei einer Bank in Liechtenstein. Die Einzahlungen wurden persönlich vorgenommen. In unregelmäßigen Abständen, immer wenn sie mindestens zehntausend Euro eingenommen hatten – dafür mussten zwanzig der Nasensprays verkauft sein, ein Mindestumsatz, der sich allein bei den Ü30-Singlepartys im *be my dream* jedes Mal einstellte. Hinzu kam die wachsende Anzahl an Nachbestellungen – ein Schneeballsystem, das mittlerweile einen beträchtlichen Teil seiner Zeit in Anspruch nahm. Keine Spuren, lautete die oberste Direktive. Deshalb keine Unterhändler, obwohl das den Aktionsradius erheblich einschränkte. Doch wenn das Geschäft außer Kontrolle geraten würde ... *Der Biss von großen Tieren endet bekanntlich oft tödlich.*

Josef nahm das nächste Fläschchen zur Hand, drückte das Etikett auf – und brach erneut ab. Wieder dieses Ziehen in der Magengegend. Wie immer, wenn sich die E-Mail mit der Nachricht von Julias Tod einem Hexenfluch gleich zurück in sein Gedächtnis schlich. *Mach's dir nicht unnötig schwer! Bei ordnungsgemäßer Anwendung wär's nicht passiert!*

Seitdem nutzte er selbst das Nasenspray noch seltener. Er hatte ohnehin erst seit kurzem gesprüht. Ein- bis zweimal pro Woche genügten ihm vollauf, sexuelle Erfahrungen mit realen Partnerinnen besaß er nicht. Er warf einen Blick auf den PC-Bildschirm, ein von Nikotin vergilbter Kasten, den er vor der Verschrottung gerettet hatte. Das Bild eines Briefkuverts bedeutete ihm, dass er eine neue E-Mail erhalten hatte. Die er ungesehen löschte. Sie stammte von einem der üblichen Verdächtigen, die hartnäckig an der Auffassung festhielten, dass die Lieferfrist speziell für sie nicht galt.

Von Andrea hatte er seit der Todesfallmeldung nichts mehr gehört. Was ihn nicht überraschte. Genau das war ihm vorausgesagt worden. Und tatsächlich war auch nichts über das neue Wundermittel an die Öffentlichkeit gedrungen. Also gab es keinen Grund, die bunten Buttons im *be my dream* weiterhin zurückzuhalten. Nächsten Freitag sollten sie wieder ausliegen – weniger offensiv und in deutlich geringerer Stückzahl.

13

»Holy Shit! Ihr seht nicht gut aus.«

»Aber mit dir können wir gerade noch mithalten«, gab Michael Kartan an Devcon zurück, zog Tatjana einen Schreibtischsessel heran und ließ sich auf den ewig knarrenden Stuhl fallen, der permanent vor dem Schreibtisch platziert war und hauptsächlich als Garderobenständer für Devcons Sakko diente. Es war Montag, acht Uhr am Abend. »Immerhin haben wir uns zwei Nächte um die Ohren gehauen ...«

»Und? Hat die Aktion wenigstens was gebracht?«

»Klar, und zwar jede Menge Ärger«, erwiderte Tatjana Kartan müde.

»Und?«, wiederholte Devcon in leicht gereiztem Tonfall.

»Was, *und*?«, erwiderte Michael Kartan, nicht minder gereizt. »Wie du siehst, sitzen wir wieder hier und müssen dir leider mitteilen, dass sogar Schwesterchens professioneller Superhacker völlig im Dunkeln tappt.«

Nachdem sie mit drei Computerfachleuten aus dem Präsidium das komplette Wochenende hindurch vergeblich versucht hatten, Josefs E-Mail-Adresse zu knacken, waren sie heute früh nach Hamburg geflogen, um Unterstützung von Tatjana Kartans Spezi Crash-Eddie einzuholen. Einst bundesweit als besonders ausgebuffter Crack bekannt, hatte ihn die Hamburger SOKO Internet noch innerhalb seiner Bewährungszeit für den Wechsel auf die Seite von Recht und Gesetz angeheuert.

»Das Problem ist, dass unser Mister Josef einen einfachen, in der Wirkungsweise aber sehr effektiven Kunstgriff kennt«, begann Tatjana Kartan, die Arme eng um den Oberkörper geschlungen. In dem dünnen Stretchpulli, der ihre Handvoll Brust betonte, fror sie durch die Müdigkeit noch mehr als sonst.

»Und der lautet?«

»Erstens postet er über ein anonymes Remailer-System, und zweitens verschleiert er auch noch den Übertragungsweg.«

»Interessant. Und das heißt im Klartext was?«

»Im Hinblick auf die Affinität zu Computern ist er eine gänzlich unamerikanische Erfrischung«, warf Michael Kartan ein.

»Okay, dann erklär ich´s mal kurz. Also. Nur ohne die Header seiner Mails, also ohne die Überschriften, ich meine Absenderüberschriften ...«

»Jimbo kann Englisch, schon vergessen?«, unterbrach Kartan sie erneut.

»Mann! Kann ich jetzt weitermachen? Vielen Dank! Also, wenn nur diese – äh – Headers fehlen, wäre eine Rückverfolgung trotzdem möglich. Aber da sie außerdem noch über mehrere Server weitergeleitet werden, kommen wir ihnen so schnell nicht auf die Spur. In dem Fall ist das äußerst schwierig. Und vor allem enorm zeitaufwendig.«

»Zeit ist aber genau das, was wir nicht haben.«

»Ist klar«, ließ sich Michael Kartan vernehmen. »Wir sind aber noch lange nicht am Ende. Spätestens, wenn er wieder in diesem Sex-für-Anfänger-Forum auftaucht, um seine Wunderdroge anzupreisen, haben wir ihn. Mehrere Kollegen sind permanent online und greifen sofort zu, wenn sie ein entsprechendes Schlagwort im Chat entdecken. Und unser Stichwortkatalog ist da sehr großzügig.«

Devcon stieß hörbar die Luft aus, den Kopf in den Nacken gelegt. Nach dem eben Gehörten war selbst ihm kristallklar, dass er auf einen solchen groben Fehler von Josef nicht zu hoffen brauchte.

»Was steht im Obduktionsbericht von Körns?«, hörte er Kartan fragen und winkte ab. »Liegt noch nicht vor. Es soll erst irgendein Spezialist zu Rate gezogen werden, um bei der Bestimmung der Todesart hundert Prozent sicherzugehen.«

»Aber die Ursache war wieder das Nasenspray?«

»Da auch hier Rückstände im Blut nachgewiesen wurden, dürfen wir wohl davon ausgehen. Unsere Paradise-Bilanz hätte sich demnach bei gleichbleibend nichtssagenden Anhaltspunkten auf zwei Leichen und eine Verschollene erhöht.« In seinen Augen blitzte es kurz auf, dann starrte er ausdruckslos vor sich hin. »Geht nach Hause und schlaft euch aus. Hier sitzen und auf ein Wunder warten kann ich auch allein.«

14

Es war später Abend, als Gregor Martens den Labor-PC herunterfuhr und seine Unterlagen zusammenpackte. Zum Schreiben an seiner Promotionsschrift war er heute mal wieder nicht gekommen.

Fast den ganzen Tag hatte er damit zugebracht, die Zuchtpflanzen abzuernten und aus deren Blättern die Grundsubstanz zur Herstellung des Präparates herauszufiltern – zum Schutz der empfindlichen Duftbestandteile ausschließlich durch Lösungsmittelextraktion. Seine Kleidung klebte am Körper, feucht vom tropischen Klima oben in der Zuchtstätte. Sie befand sich im obersten Stockwerk des kastenförmigen Gebäudes, das in Windeseile und gerade noch statikverträglich um diese Etage aufgestockt worden war. Lebenswichtige Faktoren wie Licht, Feuchtigkeit und Temperatur wurden hier künstlich geregelt. Massive, fensterlose Wände schirmten den großflächigen Raum vor neugierigen Blicken ab – und ermöglichten eine perfekte Imitation der lichtarmen Verhältnisse im tiefen Dschungeldickicht Amazoniens, wo die Pflanze vor gut drei Jahren entdeckt worden war. Unbefugten Zutritt verhinderte eine gut gesicherte Stahltür mit der Aufschrift: Private Heilpflanzen-Zuchtstation.

Die Wildpflanze mit dem speziellen Inhaltsstoff gedieh außerordentlich gut. Was Doktorand Martens als seinen persönlichen Erfolg verbuchen durfte. In weniger als zwei Jahren hatte er es geschafft, eine Kultur zu züchten, die unter den von ihm geschaffenen Bedingungen ganzjährig blühte – resistent gegen die Pestizide, die bei einem Massenanbau zur Schädlingsbekämpfung eingesetzt werden müssten. Durch Temperaturerhöhung, Veränderung der Höhenlage und Stickstoffdüngung war es ihm außerdem gelungen, die Anzahl der Öldrüsen und damit den Gesamtgehalt des ätherischen Öls in der Pflanzensubstanz deutlich zu steigern – insgesamt ein gigantischer Erfolg, auf den manch ein Professor sein Leben lang vergeblich hoffte.

Er jedoch konnte auf frühen Ruhm und – durch den Doktortitel – vor allem endlich auch auf gesellschaftliche Anerkennung hoffen. Ein entsprechendes Einkommen würde ihm dann sicher ebenso gewiss sein. Zur Zeit lebte er hauptsächlich von seinem Doktorandengehalt. Also eher bescheiden. Aber das würde sich ändern – wenn sich nur nicht die Vermutung der Projektleiterin bestätigte. Das wäre eine Katastrophe, nicht nur für die Probanden, sondern auch für ihn selbst. Denn dann wäre auch das Ergebnis seiner Arbeit mit einem Schlag irrelevant – und alle seine Träume geplatzt.

Die laut Forschungsprogramm ursprünglich vorgesehenen Testreihen waren auf unbestimmte Zeit unterbrochen worden. Jetzt musste erst einmal mit oberster Priorität geklärt werden, ob beim Konsum des Serums grundsätzlich toxische Rückstände entstanden. Eventuell resultierten die bisher nachgewiesenen ja auch aus einem früheren Drogen- oder Medikamentenmissbrauch der Versuchspersonen. Die Auftraggeber würden diese Annahme gern überprüfen, wie sie durch ihren Referenten hatten mitteilen lassen. Einen schnellen und einwandfreien Nachweis sah man darin, AS-371 neuen und aus medizinischer Sicht hundertprozentig unbelasteten Probanden zu verabreichen – ein Risiko, das man aus Franka Bubenhains Sicht allerdings keinesfalls eingehen sollte. Stimmten die wenigen Informationen, die sie erhalten hatte, dann bestand das Konsortium ausschließlich aus knallharten Geschäftsleuten, die Millionenbeträge für die internationale Patentanmeldung hingelegt hatten. Insofern war es nicht weiter verwunderlich, dass sie auf Einhaltung des Zeitplans drängten. Insbesondere, da die Konkurrenz nicht schlief. Ein Biotech-Unternehmen in New Jersey/USA bereitete Zulassungsanträge vor für ein ebenfalls als Nasenspray konzipiertes Produkt: PT-141, interner Name: »Passion«. Offenbar war es den Forschern gelungen, die Peptidstruktur eines dem Humanhormon Melanotropin ähnelnden Stoffes so zu modifizieren, dass er ausschließlich – und positiv – auf die sexuelle Erregbarkeit einwirkte. Die Erfolgsquote lag angeblich bei etwa zweiundsiebzig Prozent. Das reichte zwar nicht an die Traumquote von AS-371 heran, war aber dennoch als sensationell zu bezeichnen.

Die frisch abgefüllten Nasensprays legte Gregor Martens in eine Pappschachtel, wobei eines herausfiel und unter den Labortisch kullerte. Er krabbelte darunter und stieß mit dem Kopf an die Tischunterseite, als er hörte, wie sich das Türschloss drehte.

»Auch noch kräftig bei der Sache?«, fragte Franka Bubenhain. »Oh, was ist Ihnen denn da passiert?« Sie deutete auf seine entblößte linke Wade.

»Nicht weiter wild.« Mit einem Ruck zog er das Hosenbein nach unten und richtete sich auf. Die Erinnerungen daran, wie er sich die tiefe Bissnarbe zugezogen hatte, jagten ihm noch heute Schauer über den Rücken. Es waren die Zahnabdrücke eines jungen Moorkaimans, den er bei seiner Expedition in das größte Süßwasserdepot der Erde in einem Moment der Unachtsamkeit versehentlich für einen Baumstamm gehalten hatte. Diese schwarzhäutigen Urtiere können bis zu sechs Meter lang werden und sind trotz ihrer Masse in ihren Bewegungen pfeilschnell. Glücklicherweise war es aber kein ausgewachsenes Exemplar gewesen – das hätte sich kaum mit dem winzigen Fleischfetzen zufrieden gegeben, den das Jungtier hatte ergattern können, bevor es vom Dschungelführer, einem Einheimischen Amazoniens, erschossen worden war.

»Sie packen gerade zusammen, sehr vernünftig. Ausspannen ist auch wichtig.« Franka Bubenhain zog eine Zeitung aus der Kitteltasche und warf sie auf den Tisch »Ich habe nur noch kurz im Haus zu tun, dann mache ich ebenfalls Schluss für heute. Ich brauche auch mal ein wenig Erholung, muss ja bald wieder auf Dienstreise. Sind die Präparate für Küster fertig?«

»Ja. Und – hat sich schon was Neues ergeben?«

»Nein. Nur eine weitere Vermutung. Die sich aber erst konkretisieren lässt, wenn ich meine Analysen vollständig abgeschlossen habe. Und das wird keinesfalls vor Ende nächster Woche der Fall sein.«

»Aber Sie gehen immer noch von toxischen Rückständen aus?«

»Es *sind* toxische Rückstände. Neuartige zwar, das ist aber nicht weiter verwunderlich bei einem noch relativ unbekannten Stoff.«

»Also, ich versteh's nicht, tut mir leid. In der Wildpflanze sind zwar jede Menge giftige Anteile enthalten, aber es war uns doch gelungen, sie bis auf ein unbedenkliches Minimum herauszufiltern. Hatte es nicht wortwörtlich geheißen, dass der Anteil bei der errechneten Dosierung weitaus weniger Schaden anrichten würde als die tägliche Durchschnittsration Kaffee? Entschuldigung, aber wie kann es sein, dass das jetzt auf einmal alles falsch gewesen sein soll?«

»Aufgrund der Standardisierung war unsere ursprüngliche Einschätzung zweifellos korrekt. Dabei sind wir natürlich von stabilen Wirkstoffen ausgegangen.«

»Logisch, da etwaige Instabilitäten schon bei der klinischen Toxikologie aufgefallen wären. Und in dem Fall hätte die Kommission niemals die Genehmigung für die Tests erteilt.«

»Eben. Wenn man aber bedenkt, dass zwischen der Laborentdeckung und dem Antrag beim Bundesgesundheitsamt zu einer Versuchsreihe im Regelfall Jahre vergehen, und dass die Hürden vor der Markteinführung neuer Medikamente ebenfalls eher höher geworden sind, weil ständig noch genauere Untersuchungen verlangt werden, dann hat man AS-371 schon rekordverdächtig schnell durch die Instanzen geschleust, meinen Sie nicht auch?« Zwischen Franka Bubenhains symmetrisch nachgezogenen Augenbrauen bildete sich eine steile Falte. »Mich würde es jedenfalls nicht wundern, wenn wir das ganze Dilemma der Inkonsistenz eines Stoffes oder gar mehrerer zu verdanken hätten, was in den früheren Phasen anscheinend übersehen wurde. Möglicherweise stellt sich die Unbeständigkeit dieser Moleküle aber auch erst nach einer gewissen Lagerzeit ein. Was im Übrigen eine hervorragende Erklärung dafür wäre, weshalb die Symptome erst jetzt auftreten. Das wiederum würde allerdings bedeuten, dass den zuständigen Herrschaften bei der Bestimmung des Verfallsdatums ein ziemlicher Lapsus unterlaufen wäre! Aber wie gesagt, das alles muss erst mal einwandfrei nachgewiesen werden.«

»Was ist mit den erkrankten Teilnehmern? Geht es denen wenigstens wieder besser?«

Franka Bubenhain sah ihn eine Weile stumm an. »Die Mai-Probanden konnten wir nicht mehr retten. Ihre Hirnregionen waren bereits derart geschädigt, dass wir die Funktionen nur noch durch permanent gesteigerte Serumszufuhr aufrecht erhalten haben. Wir hatten keine andere Wahl. Das begünstigte freilich wiederum die fortschreitende Zerstörung, die ... die letztlich mit einem Hirnschlag enden musste.«

Martens spürte, wie seine Knie weich wurden. Die Versuche waren im Mai mit fünf Personen begonnen worden. Zwei Monate später, nachdem sich die Verabreichungen der vorgesehenen Dosis als vermeintlich unbedenklich herausgestellt und die Placebo-Tests das gewünschte Resultat bestätigt hatten, waren einhundertzwanzig weitere hinzugezogen worden.

»Soll das heißen, sie sind alle tot? Mein Gott! Das ist ja noch schlimmer als bei diesem Londoner Arzneimitteltest mit der hochpotenten Substanz ...«

»TGN1412. Ein monoklonaler Antikörper, der den Probanden in einer fünfhundertstel kleineren Dosis verabreicht wurde als zuvor den Makaken, was aber dennoch innerhalb von Stunden zu einem Amoklauf des Immunsystems und zeitweiligem Organversagen führte ...«

»Und mit den medizinischen Spätfolgen dieser Komplikationen müssen sich die Testopfer bis heute auseinandersetzen! Und unser Testfiasko, haben Sie es schon gemeldet? Und wozu brauchen Sie überhaupt noch die vielen Sprays, wenn die Versuchsreihe eingestellt wurde?«

»Zum einen zu Analysezwecken. Zum anderen stimmt die Untersuchungskommission darin mit mir überein, dass ohne eine – freilich stark reduzierte – Anwendung des Präparates das Wohl der anderen Teilnehmer nicht zu gewährleisten ist.«

»Was?«

»Nun, durch das sofortige Absetzen von AS-371 sind sie zwar außer Gefahr, leiden aber unter enormen Entzugserscheinungen.«

»Wie, alle?«

»Die vierzig, die eine tägliche Dosis erhalten haben – ja. Und einen kalten Entzug kann ich aufgrund der mir noch weitgehend unbekannten Wechselwirkungen auf den Gesamtorganismus nicht verantworten.«

»Und eine derart starke Sucht soll sich tatsächlich erst von jetzt auf gleich gezeigt haben?«

»Das ist ja gerade das Tückische daran. Auch unter Einnahme des Serums wies die Tomographie bis vor kurzem ausschließlich normale Hirnfunktionen auf. Jedenfalls zeigen das alle Untersuchungsunterlagen, die mir zugestellt worden sind. Von Suchtverhalten konnte bis dato ebenfalls keine Rede sein. Und die anderen achtzig, die das Nasenspray unregelmäßig konsumiert haben, zeigen auch jetzt kein übermäßiges – nun ja, sagen wir besser – krankhaftes Verlangen nach einer Erhöhung ihrer Dosis. Dass die Probanden, die das Mittel täglich erhielten, abhängig geworden sind, fiel erst auf, als die körperlichen Symptome auftraten und sie gleichzeitig mit kontinuierlicher Vehemenz die Steigerung ihrer Ration einforderten.« Sie blickte Gregor Martens geradewegs in die Augen, und mit Erschrecken stellte er erstmals einen Anflug von Hilflosigkeit bei ihr fest. »Leider lässt sich die Uhr nicht mehr zurückdrehen. Jetzt können wir nur noch fieberhaft an einem Gegenmittel arbeiten. Wir wollen uns lieber nicht darauf verlassen, dass sich die Gifte allein durch Serumsentzug vollständig wieder abbauen, meinen Sie nicht auch? Danach werden wir uns in aller Ruhe über die Neuzusammensetzung des Präparats Gedanken machen.«

»Soll das etwa heißen, dass das Projekt trotz allem fortgeführt wird?«

Franka Bubenhain sah ihn erstaunt an. »Ja, natürlich.« Sie schüttelte den Kopf. »Herr Martens, Ihre Naivität ist manchmal schon verblüffend. Das sollten Sie unbedingt in den Griff bekommen. Sonst sind Sie in unserer Branche verloren. Dieses Projekt kann niemand mehr stoppen. Da stehen astronomische Summen dahinter. Und das heißt schlicht, wenn wir es nicht zu Ende bringen, machen es eben andere. Wem wäre damit geholfen? Unsere Auftraggeber werden sich so oder so damit abfinden müssen, dass es jetzt ein wenig länger dauert als geplant.« Sie zog den linken Ärmel ihres Laborkittels zurück und blickte auf ihre schmale Armbanduhr. »Aber ich muss jetzt wirklich los. Dann schönen Abend noch.«

»Gleichfalls.«

Die Tür hinter Franka Bubenhain schloss sich, und Gregor Martens streifte seinen olivgrünen Parka über, wobei sein Blick an der liegengelassenen Zeitung hängenblieb. Er runzelte die Stirn. So ein Revolverblatt hätte er der Professorin nie zugetraut. Er klappte es auf – und erstarrte beim Blick auf die fetten Lettern der Titelseite: »Todesfall in Frankfurt am Main durch unbekanntes Medikament!«

15

»Wenn wir Glück haben, sehen wir bald klarer«, sagte Michael Kartan.

»In dieser Dunkelkammer wohl kaum«, erwiderte seine Schwester und betätigte den Lichtschalter. Das kleine Bürofenster erhellte den Raum selbst bei strahlendem Sonnenschein nicht ausreichend. Und heute lag die Morgensonne, wie schon seit Wochen, hinter dichten Regenwolken verborgen. Die Neonröhren sprangen unter leichtem Klickern an.

»Herrlich, dieses Operationssaal-Flair.«

»Was von Eddie gekommen?«

Michael Kartan blinzelte in Richtung des 17-Zoll-Monitors, der auf einer schwenkbaren Platte über dem mit Akten überladenen Schreibtisch schwebte. »Negativ.«

»Und was machen wir jetzt?«

»Wie wär's mit arbeiten?«, rief Kommissarin Rodriguez eisig, die gerade am Zimmer vorbeiging.

Tatjana Kartan sah ihren Bruder irritiert an.

Der winkte ab. Vor einigen Wochen hatte er eine Liaison mit der rassigen Halbspanierin gehabt und sie dadurch zeitweilig dem Gespött der K11 preisgegeben, weil er sich parallel mit der Neuen aus der Verwaltung getroffen hatte.

»Na, wie auch immer«, Tatjana Kartan ließ sich schwer in den zweiten Drehstuhl vor der kurzen Seite des Schreibtisches fallen, »Regina hat mir jedenfalls gerade gesteckt, dass der Boss Besuch aus Wiesbaden hat. Schon seit über einer Stunde.«

»Das erklärt, warum es hier so ruhig ist.« Michael Kartan gähnte ausgiebig und streckte sich, wobei das über die Rückenlehne drapierte, sandfarbene Kleidungsstück aus Kohlefasern zu Boden fiel – seine kugelsichere Weste, die er höchst selten bei seinen Einsätzen trug. Schusswaffengebrauch ist absolute Ausnahme für die Polizei, nicht aber für Verbrecher, lautete dazu das stets sehr ärgerlich klingende Credo seines Chefs.

»Und? Wen hat er da? Einen der Laborkriminalisten aus dem LKA, der endlich Aufklärung darüber verschafft, woraus unser Nasenspray nun konkret besteht?«

»Falsch geraten!« Urplötzlich füllte Devcon den Türrahmen aus – ein Tritt, und die Tür hinter ihm fiel krachend zu. Tatjana Kartan starrte auf sein zugeknöpftes Sakko und den eng sitzenden Krawattenknoten.

»Was hat dir denn die Stimmung verhagelt, ich dachte, die Kriminaltechniker wären ein ganz umgängliches Völkchen«, äußerte Michael Kartan erstaunt.

»Möglich. Herr Klaus-Peter Losard ist aber kein Kriminaltechniker, sondern Hauptkommissar. Ein Hauptkommissar aus dem Bundeskriminalamt.«

»Und was wollte der von dir?«

»Ergebnisse.«

»Ergebnisse? Aus welchen Untersuchungen? Über die Weiterentwicklung unserer Arbeitsbedingungen? Oder ging's mehr um was Konkretes?«

»Letzteres. Er wollte die bisherigen Ergebnisse im Fall Paradise sehen.«

»Und dafür taucht der hier persönlich auf? Das ist interessant. Dann hat also Karlsruhe das Verfahren offiziell übernommen?«

»Nein, die Generalbundesanwaltschaft ist nicht involviert. Es gibt bisher keine hinreichenden Beweise für das Vorliegen eines überregionalen Problems.«

»So? Im Fall des Angriffs auf den Deutsch-Äthiopier in Potsdam vor der letzten Fußball-WM hat man sich da weniger geziert. Tragfähige Beweise gab es auch nicht, aber es genügte bereits das Verdachtsmoment auf Rassismus, um den Generalbundesanwalt auf den Plan zu rufen.«

»Aber was hat das BKA dann überhaupt mit der Nasenspray-Sache zu tun?«, rief Tatjana Kartan. »In Hamburg dachten wir immer, die decken hauptsächlich den Theoriebedarf ab und schalten sich nur ein, wenn es richtig brennt.«

»Korrekt. Abgesehen davon, dass wir die Akte Paradise fürs BKA betreuen – über einen Fall wie diesen müssten sie folglich umgehend unterrichtet werden, damit sie sofort bundesweite Maßnahmen einleiten können, falls es sich um den Einführungsversuch einer neuen Droge handelt, richtig?«

Tatjana Kartan wurde rot.

»Darf ich daraus schließen, dass unser Nasenspray mittlerweile als Droge klassifiziert wurde?«, fragte Michael Kartan.

»Dem Vortrag des Schreibtischkriminologen nach zu urteilen, dürfen wir das wohl annehmen. Fragt sich nur, weshalb mir darüber bisher kein einziger Bericht aus dem kriminaltechnischen Institut zugegangen ist. Meine Fragen dazu hat er jedenfalls allesamt hartnäckig überhört.«

»Na, dann rufen wir doch gleich mal da an.« Kartan beugte sich vor, um einen Blätterberg beiseitezuschieben, unter dem das Telefon verborgen lag.

»Die Mühe kannst du dir sparen.« Devcon vergrub die Hände in den Taschen seines mittlerweile geöffneten Sakkos.

Kartan lehnte sich wieder zurück. »Und wieso das?«

»Weil hier irgendetwas nicht stimmt. Pass auf. Nachdem er mir detailliert seine Befürchtung offenbart hat, dass es durchaus die Zielsetzung eines ganzen Kartells sein könnte, das Nasenspray europaweit zu platzieren ...«

»Was denn jetzt? Ermittlungen auf regionaler, oder doch lieber gleich auf internationaler Ebene? Und was glaubt der eigentlich, womit sich unsere Jungs und Mädels von der Rauschgiftbekämpfung den ganzen Tag beschäftigen?«

»Keine Ahnung. Das ist auch nicht das Problem.«

»Und was ist das Problem?«

»Dass sein Ultimatum in genau einer Woche abläuft.«

»Sein Ultimatum?«

»Wenn ich bis dahin keine aussagefähigen Ergebnisse vorliegen habe, wird er veranlassen, dass man mir den Fall wieder entzieht.«

»Was?«

»Außerdem hat er mich darauf aufmerksam gemacht, dass er sich jederzeit in unsere Ermittlungen einschalten kann.«

»Du hast Recht. Da stimmt tatsächlich was nicht. ... Was meinst du, hast du in letzter Zeit jemanden von weiter oben so sehr gereizt, dass deine Nominierung zum Leiter dieser SOKO in Wahrheit nur Mittel zum Zweck ist?«

»Wofür? Um mich degradieren zu können, weil es eine unlösbare Aufgabe ist? Dafür müssten sich die betreffenden Herrschaften aber noch einiges mehr einfallen lassen.«

»Wenn du mich fragst – da darf man gespannt sein. Zur Reduktion von Pensionsansprüchen, die bekanntlich längst anderweitig verfrühstückt wurden, ist denen mittlerweile doch jedes Mittel recht.«

Ein herzhaftes Hämmern ließ Devcon die Tür freigeben. »Was gibt's, Reggie?«

»Es ist heute noch eine weitere Person ganz wild auf deine persönliche Gesellschaft.«

Devcon sog hörbar die Luft ein und bedachte sie mit einem Blick, der klar aussagte, dass er für die Art Humor heute keinen Sinn mehr aufbringen würde.

»Ich kann es nicht ändern. In der Zentrale haben sie eine Frau in der Leitung, die ausdrücklich und jetzt gleich den Ermittlungsleiter im Fall Paradise zu sprechen wünscht. Und das bist nun mal du.«

»Wer ist die Dame?«

»Eine Lebensmüde, nehme ich an«, murmelte Kartan.

»Sie weigert sich, ihren Namen zu nennen. Sagt aber, dass es sich auf jeden Fall für dich lohnen würde.«

16

Devcons grimmiger Blick richtete sich auf das Bootshaus des Frankfurter Kanu-Vereins, als er das Trottoir entlang- und dann die Stufen zum Mainufer hinablief. Zu seiner eigenen Überraschung hatte er nach dem Einbiegen in die Museumsuferstraße gleich eine freie Parkbucht ergattern können – derzeit lief offenbar keine der großen Sonderausstellungen, die Scharen von Besuchern anzogen.

Die Unbekannte wollte auf einer der umliegenden Parkbänke in der Nähe des Kanuhauses sitzen und auf ihn warten, um ihm eine Geschichte zu erzählen. Das war Polizeijargon und hieß, dass er das Gehörte nicht offiziell verwerten durfte. An sich versprach er sich nichts davon. Im augenblicklichen Stadium der Ermittlungen erschien es aber ratsam, jedem noch so vagen Hinweis Beachtung zu schenken.

Die Uferpromenaden wurden bei der nasskalten Witterung immer nur vereinzelt von Fußgängern oder Sportlern aufgesucht. Außerdem war gerade Mittagszeit. Devcon lief ein paar Meter, am Kanuhaus vorbei, und auf der zweiten Parkbank sah er eine Frau, die sich sofort erhob, als er in ihre Richtung blickte. Sie trat ihm entgegen, in einem langen beigefarbenen Mantel mit Fellbesatz am Rand der Kapuze, die ihr Haupt umhüllte. Die Augen verbarg sie hinter einer üppigen schwarzen Sonnenbrille.

»Haben wir eben telefoniert?«, fragte sie mit dunkler Stimme.

»Erraten. James Lloyd Devcon, Mordkommission.« Er hielt ihr die Hand hin und registrierte einen kurzen, festen Händedruck. »Darf ich fragen, woher Sie mich kennen?«

»Ich kenne Sie keineswegs. Aber wenn Sie sich umschauen, werden Sie feststellen, dass Sie auf absehbare Nähe im Augenblick das einzige menschliche Wesen weit und breit sind, wenn ich mal von mir selbst absehe.«

Er präsentierte sein entwaffnendstes Lächeln.

Ihre Mimik blieb hart. »Sie leiten die Untersuchungen der Todesfälle im Zusammenhang mit ... Paradise?«

»Woher haben Sie die Information?«

»Sie wurde mir zugetragen. Es geht um Rückstände im Hirnwasser, die von einem Serum stammen, richtig? Ein Serum, das von Ihnen richtigerweise als die Todesursache angenommen wird.«

Er schwieg überrascht.

»Ich schlage vor, wir setzen uns.« Sie deutete auf eine Parkbank. »Meine Geschichte wird sicher ein paar Minuten Ihrer Zeit in Anspruch nehmen.«

Noch immer einigermaßen aus dem Konzept gebracht, ließ er sich in gebührendem Abstand zu ihr nieder, den Blick fest auf sie gerichtet.

»Als Bedingung setze ich allerdings die absolut vertrauliche Behandlung dieses Gesprächs voraus.«

»Sie verstehen es, Spannung aufzubauen. Mal sehen, ob es sich auch lohnt.«

»Nun, ich habe Sie um dieses Treffen ersucht, um einer weiteren Ausbreitung des unfertigen Präparates, das Sie unter dem Namen Paradise kennen ...«

»Hat dieses Teufelszeug etwa noch andere Namen?«

»Uns ist es unter der Bezeichnung AS-371 geläufig.«

Er neigte sich vor. »Wer ist uns?«

»Den Beteiligten an einem Forschungsprojekt.«

»Was für ein Forschungsprojekt?«

»Ein streng geheimes Forschungsprojekt.«

Er stieß hörbar die Luft aus. Man musste kein Psychologe sein, um zu erkennen, dass er schon jetzt kurz davor war, die Geduld zu verlieren.

»Ich nehme an, Sie kennen die speziellen Düfte, die unser Serum ausströmt?«

»Hab davon gehört, ja.«

»Nun, diese für den Menschen außergewöhnlichen Duftstoffe – in ihrer Intensität bisher übrigens einzigartig und mit den künstlich hergestellten Pheromonzusätzen in der Parfüm-Branche absolut nicht zu vergleichen ...«

»Kommen Sie bitte zur Sache.«

»Diese Duftstoffe – sexuell stimulierende Duftstoffe, um genau zu sein – können Sie quasi als Vorboten der spezifischen Wirkungsweise betrachten, die die Substanz in unserem Organismus auslöst.«

»Und welche spezifische Wirkung ist das genau?«

Sie atmete tief ein. »Es wird Ihnen sicher schwerfallen, das Folgende auf Anhieb zu glauben. Mir selbst erging es seinerzeit nicht anders, aber es ist ein Faktum. Durch die Einnahme von AS-371 wird ein entsprechendes Hirnareal stimuliert zur – zur zuverlässigen Auslösung des Orgasmus.«

Er betrachtete sie mit steil nach oben gewölbter Augenbraue. Dann fing er an zu lachen. »Sie haben Recht. Ich glaub es tatsächlich nicht. Sie wollen mir allen Ernstes verkaufen, dass dieses Zeug eine Art – sagen wir mal erotisches Feuerwerk in Gang setzt, für das man bisher mindestens noch eine gesunde Hand braucht? Tolle Story, ehrlich, aber für so was hab ich heute leider keine Zeit.« Noch immer lachend erhob er sich.

»Es hat einen neurobiologischen Hintergrund, weshalb AS-371 als Nasenspray konzipiert wurde. Mithilfe von Mdr-1-Blockern und den an Antikörper gekoppelten Liposomen als Arzneitaxi wird die Blut-Hirn-Schranke direkt überwunden ...«

»Klingt ja hochinteressant.« In Devcons Mimik war klar abzulesen, dass er kein Wort verstanden hatte.

»Und durch diese direkte Überwindung der Blut-Hirn-Schranke – das ist eine natürliche Schutzfunktion für die Nervenzellen von Gehirn und Rückenmark – kann sich die Wirkung des Serums unverzüglich an der richtigen Stelle entfalten. Nur dadurch können die extrem hohen Neurohormonausschüttungen herbeigeführt werden. Oder einfacher gesagt: AS-371 ist de facto dazu geeignet, jederzeit multiple Megaorgasmen zu verschaffen.«

Er setzte sich wieder hin. »Schön. Und wozu soll das gut sein?«

»Es ist verständlich, dass Ihnen so etwas auf den ersten Blick überflüssig vorkommt. Aber denken Sie doch einfach mal daran, wie sich das Verhältnis zur Sexualität in den vergangenen Dekaden gewandelt hat. In geradezu revolutionärer Weise gewandelt hat. Die sprunghaften Lockerungen der gesellschaftlichen Verbote ...«

»Waren Sie schon mal in arabischen Ländern?«

»... innerhalb der westlichen Welt haben zweifellos dazu geführt, die Bedeutung des Geschlechtsverkehrs zu entromantisieren, und das zugunsten einer Betrachtung als ...«

»Leistungssport.«

»Nun – ja. Das ist sicher nicht ganz falsch und, nebenbei bemerkt, wohl auch eine der Ursachen für die Omnipräsenz des Geschlechtsaktes in allen unseren Medien. Insofern kann man sich durchaus fragen, inwieweit die von der Kirche Jahrhunderte lang als Sünde verketzerte Sexualität ...«

»Zumindest von offizieller Seite her, ja.«

»... inwieweit die Sexualität also quasi *überbefreit* wurde mit dem Ergebnis, dass aus der vermeintlichen Freiheit erneut Zwang erwuchs. Nur unter umgekehrtem Vorzeichen.«

»Well, für so manch einen ist an dieser Sichtweise bestimmt was dran.«

»Summa summarum führt uns dies nun zu dem Paradoxon, dass der Sex seine Bedeutung für die Partnerschaft verloren hat, Orgasmusprobleme aber dennoch als enorme Belastung empfunden werden.«

»Wer sagt das?«

»Der Bedarf an sexueller Erfüllung ist jedenfalls evident, das werden Sie wohl kaum bestreiten wollen. Und Fakt ist, dass die herkömmlichen Mittel zur Luststeigerung das zentrale Problem ignorieren. Wenn die Sperre im Kopf die Lust blockiert, ist die Chemie nun mal machtlos. Wussten Sie, dass bei jedem Dritten bis Vierten die erektionsfördernde Wirkung von Sildenafil, besser bekannt unter dem Handelsnamen Viagra, schlicht zu schwach ist? Abgesehen davon, dass es im Fall von Unlust rein gar nichts bewirkt. Außer bestenfalls Kopfschmerz und Durchfall. Glauben Sie mir, die begehrten blauen Pillen und ihre Ableger haben das größte Mannesproblem längst nicht für alle lösen können.«

»Wer sagt, dass das des Mannes größtes Problem ist?«

»Ich bitte Sie. Spielt das wirklich eine Rolle?«

»Eigentlich nicht. Machen Sie also ruhig weiter im Text.«

»Analoges gilt für die weichen Methoden wie Übungen, die die Fähigkeit zur Sinnlichkeit stärken sollen, oder spezielle Muskeltrainings gegen die erektile Dysfunktion. Unlust kann mannigfaltige Ursachen haben. Und dann gibt es da noch die andere Hälfte der Menschheit, die Frauen. Mit einem Ansatz, der nur die physiologischen Bedingungen berücksichtigt, kommen Sie hier garantiert nicht weiter. Da genügt ein Blick auf die zugegebenermaßen spezielle Gruppe derer, die ihren Orgasmus unbewusst unterdrücken, aus Angst, dem Partner zu viel zu offenbaren.«

»Auf so was können auch nur Frauen kommen.«

Sie winkte ab. »Die Geschlechterfrage ist in unserem Kontext vernachlässigbar. Was gebraucht wird, ist ein ganzheitlicher Ansatz. Und unter Wissenschaftlern ist es längst Konsens, dass es bei der Entwicklung von entsprechenden Präparaten nicht um die Ermöglichung, sondern um die Erschaffung von Lust geht.«

Devcon lehnte sich schlapp zurück. »Und Gott sah, dass es gut war. Amen.«

»Ich sehe, Sie haben den Problemkern noch immer nicht erfasst. Probieren wir es also von einer anderen Seite her. Stellen Sie sich die Frage nach den Einflüssen der heutigen Welt auf das Sexualverhalten des Menschen im Generellen, und Sie werden sehen, dass der Appell zur Potenz und Leistungsfähigkeit allgegenwärtig ist. Selbst gelegentliche Erektionsschwierigkeiten sind ein Problem, obwohl sie ab einem gewissen Alter durch die Zunahme körperlicher Leiden wie Gefäßverengung, Bluthochdruck oder Diabetes an sich als normal zu bezeichnen wären. – Damit wir uns nicht wieder missverstehen: Libidoverlust ist keineswegs eine Frage des Alters. Denken Sie bloß an die wachsende Gruppe derer, die in ihrer anonymisierten und durch Unverbindlichkeit gekennzeichneten Umwelt erst gar nicht mehr zueinander finden. Menschen, die mit den Distanzwaffen unserer multimedialen Welt, namentlich Handy und Computer, nicht zurechtkommen ...«

»Oder nicht zurechtkommen wollen.«

»Eine in ihrer Größe kaum zu unterschätzende Gruppe bilden zudem diejenigen, deren Lust im immer hektischer werdenden Alltagskampf schlicht auf der Strecke bleibt. Und wir sollten auch nicht vergessen, dass es Menschen gibt, denen nähere Kontakte durch zu stark gewordene, narzisstische Tendenzen kaum mehr möglich sind. Zweifellos ein natürlicher Ausfluss innerhalb einer individualitätshörigen Gesellschaft ...«

»Sie sind auch für das Marketing zuständig, richtig?«

»Nun, in dem Kontext wäre dann freilich noch auf den Markt in China zu verweisen mit seinem ungeheuren Aufblähen aller Begierden inklusive der sexuellen ...«

»Den Chinesen bleibt wirklich nichts erspart. Und die Mullahs können sich auf eine neue Steilvorlage freuen. Herzlichen Glückwunsch, kann ich da nur sagen.«

»Betrachten Sie es pragmatisch. Mit AS-371 wird der Sex zu einer sauberen und unkomplizierten Sache. Die Infektionen im Genitalbereich werden zurückgehen, und das Risiko für den Gebärmutterhalskrebs lässt sich ebenfalls minimieren – bekanntlich wird er durch Papilloma-Viren ausgelöst, die beim Geschlechtsverkehr übertragen werden. Und selbst die anatomischen Probleme unter dem Stichwort sexuelle Inkompatibilität gehören endgültig der Vergangenheit an.«

»Solosex ist aber nicht jedermanns Sache.«

»Letztlich ist ein Orgasmus nichts anderes als eine Abfolge bestimmter Neuralreflexe. Und eben diese löst unser Serum auf geradezu vortreffliche Weise aus.«

»Wenn Sie meinen. Ebenso vortrefflich wird dann aber auch dem Aussterben unserer Spezies Vorschub geleistet.«

»Machen Sie sich bitte nicht lächerlich. Der Sex ist längst entkoppelt von der reinen Fortpflanzungsfunktion und taugt daher kaum als Instrument im Kampf gegen den Geburtenrückgang.«

»Das Rotlichtmilieu wird Ihnen für Ihr Wunderspray jedenfalls nicht die Füße küssen.«

Sie legte die Stirn in Falten. »In Zeiten des Internets stehen die Prostituierten schon jetzt unter erhöhtem Druck, allein durch die besseren Vergleichsmöglichkeiten der Freier. Ich persönlich glaube aber nicht, dass es jemals etwas geben wird, was die Ausübung des ältesten Gewerbes der Welt ernsthaft in Gefahr bringen könnte. AS-371 ist doch nur eine weitere Art zum Orgasmus zu kommen und wird den Sex mit einem Partner, und sei er gekauft, wohl kaum völlig ersetzen. Und Konkurrenz belebt das Geschäft. Die Damen und Herren der Branche müssen sich eben etwas einfallen lassen, um gegen unser Produkt bestehen zu können, welches übrigens auch nur gegen eine gewisse Geldsumme im freien Handel erhältlich sein wird. Aber das setzt natürlich die Ungefährlichkeit des Präparates voraus, die wir glaubten, bereits gewährleistet zu haben. Womit wir wieder beim eigentlichen Thema angelangt wären.«

»Zeit wird's.«

»Zum besseren Verständnis erscheint es mir dennoch sinnvoll, wenn ich vorn beginne.«

17

»Es begann im August vor drei Jahren durch die Entdeckungen eines Biologenteams bei der Expedition in ein entlegenes Gebiet am Amazonas. Dort waren sie überraschend auf Ureinwohner gestoßen. Überraschend deshalb, weil die meisten Ureinwohner Amazoniens mittlerweile in Reservaten leben und daher sehr verwestlicht sind. Eine sprachliche Verständigung war nicht möglich. Also ging man von Abkömmlingen eines bis dato unbekannten Stammes aus, dessen Angehörige im Laufe der Zeit, wenn nicht durch Krankheit, vermutlich in den Fluten der halbjährlichen Hochwasserperioden umgekommen sind – einen Augenblick, ich komme gleich wieder auf das Serum zu sprechen.« Die Ungeduld in Devcons Gesichtsausdruck war der Frau mit der üppigen dunklen Sonnenbrille nicht entgangen.

»Es fiel auf, dass die fünf jungen Männer ständig um ein bestimmtes Gewächs stritten. Sie verzehrten es aber nicht, das heißt zumindest nicht gleich, sondern kauten erst ausgiebig die Blätter, quasi wie einen Kaugummi. Man nahm an, dass sie damit ihren Hunger und die Müdigkeit betäubten, es sich also um eine den Kokablättern verwandte Art handelte. Als einer der Biologen ein Blatt pflücken wollte, griffen sie sofort an und konnten nur durch die Waffengewalt des Expeditionsführers zurückgeschlagen werden. Grund genug, die Pflanze einer näheren Untersuchung zu unterziehen – wobei die ungewöhnlich stark erotisierenden Düfte zunächst auf eine dem Yohimbin ähnliche Substanz hoffen ließen. Das ist ein echtes Aphrodisiakum, das aus der Rinde eines afrikanischen Baums stammt und einen stimulierenden Effekt auf das zentrale Nervensystem hat, was wiederum zu lang anhaltenden Erektionen verhilft. Allerdings nicht ohne organische Nebenwirkungen.«

»Bitte halten Sie mir jetzt keine detaillierte Vorlesung darüber.«

»Nein, denn das ist zweifellos weder der richtige Ort noch das richtige Publikum dafür. Mit Yohimbin ist der Extrakt der neuentdeckten Pflanze jedenfalls nicht vergleichbar. Im Gegenteil, seine

Wirkung übertrifft selbst die kühnsten Erwartungen. Einziger Wermutstropfen – in Reinform ist er hochgiftig, was möglicherweise auch die Erklärung für die Ausrottung des Eingeborenenstammes ist.«

»Primitiv hin, primitiv her. Die müssen doch irgendwann mal gemerkt haben, dass die Blätter nicht gerade gesund für sie sind.«

»Das mag sein. Aber einer Droge kann man sich bekanntlich nicht ohne Weiteres entziehen. Schon gar nicht, wenn man sich der Gefahr nicht bewusst ist. Wer weiß, vielleicht haben sie sich im Kampf um die raren Blätter sogar gegenseitig getötet. Was erklären würde, weshalb nur kräftige junge Männer übrig geblieben waren.«

»Irgendwo am Amazonas ist also wie von selbst eine tödliche Droge erblüht.«

»Tödlich ja, aber nicht für jedes Lebewesen eine Droge. Nachweislich üben die Duftanteile der ätherischen Öle ihre Wirkung ausschließlich auf den Menschen aus. Tiere zeigten kein Interesse, und auch die zwanghafte Verabreichung des Extrakts löste keinerlei Reaktionen aus. Selbst bei Primaten nicht.«

»Heißt das, diese Tiere haben überlebt?«

»Nein. Wie schon erwähnt, wirkt das Pflanzenextrakt in Reinform bereits in nicht allzu großen Mengen zu hundert Prozent tödlich.«

»Da hat uns die Natur aber ein schönes Geschenk gemacht.«

»Die Natur würde ich dafür nicht unbedingt verantwortlich machen.«

Devcon starrte sie überrascht an. »Haben Sie nicht gerade gesagt, dass das Pflänzchen fernab jeglicher Zivilisation entdeckt wurde? Wer soll es dort gezüchtet haben?«

»Wir gehen von einer Mutation aus, die sich wahrscheinlich erst im Laufe der letzten beiden Jahrzehnte entwickelt hat. Wie Sie sicher wissen, wird auch im Amazonasgebiet nach Öl gebohrt. Die Türme sind durch Feldwege miteinander verbunden, die wiederum mit Öl überschüttet werden, damit sie nicht wieder zuwachsen. Diese Ölmengen sickern zurück ins Grundwasser. Und in dieser allein vom Menschen zu verantwortenden Ölverschmutzung vermuten wir den Auslöser für die Mutation der Pflanze.«

»Die böse Ölgier ist also wieder mal schuld.«

»Warum *schuld*? Bekanntlich ist nichts auf der Welt so schlecht, dass es nicht auch für irgendetwas gut ist. Sie werden sehen, der Wert von AS-371 wird erkannt, sobald die ideologischen Scheuklappen gefallen sind.«

»Was wurde aus den fünf Männern?«

»Nach der Entdeckung hatte man ursprünglich vorgehabt, ein Ethnologenteam zu entsenden, um sich über das Schicksal des Stammes Klarheit zu verschaffen. Doch als die Wirkungsweise des aufbereiteten Extrakts auf den Menschen erstmalig in ganzer Bandbreite transparent gemacht werden konnte, hat man sich zur Geheimhaltung entschlossen und überließ die Männer ihrem Los. – Sie haben eine Frage?«

»Sogar zwei. Als Erstes wüsste ich gern, wie Sie die Wirkung des aufbereiteten Extrakts getestet haben.«

Sie sah ihn eine Weile schweigend an. »Ich fürchte, ich verstehe Ihre Frage nicht.«

»Sie haben Menschen benutzt.«

»Was ist daran so ungewöhnlich? Jedes Medikament wird vor der Freigabe bekanntlich Versuchspersonen verabreicht.«

»Bei Medikamenten erscheint mir das auch sinnvoll!«

»In Bezug auf unser Serum sitzen Sie anscheinend noch immer einem Irrtum auf. AS-371 ist keineswegs als eine Art billige Sexdroge zu sehen ...«

»Teures Lifestyle-Produkt umschreibt die Sache sicher treffender.«

»Wenn es uns gelingt, das Extrakt in eine gesundheitlich unbedenkliche Form zu bringen, können wir eines Tages vielleicht sogar Triebtäter damit therapieren.«

»In dem Sie deren Trieb in eine Sucht nach Ihrem Gebräu umwandeln? Fantastischer Ansatz!«

»Ziel unserer Arbeit ist es, jegliche Suchtgefahr ...«

»Bullshit! In welcher abgeriegelten Forscherwabe leben Sie eigentlich? Laut Ihrer eigenen Aussage manipulieren Sie mit dem

Zeug direkt am Gehirn rum. Glauben Sie ernsthaft, dass das ohne Folgen bleibt?«

»Empirische Forschungen im Bereich Gehirnmanipulation finden bisher ausschließlich mit Ratten statt. Und es ist mir bekannt, dass die Tiere allein durch Reizung des Belohnungszentrums dauerhaft süchtig gemacht werden können. Die Übertragung von Ergebnissen aus Tierversuchen auf den Menschen ist aber prinzipiell als sehr problematisch anzusehen.«

»Deshalb schmeißen Sie jegliche Ethik über Bord und testen der Einfachheit halber gleich an Menschen.«

»Haben Sie den evolutionären Vorteil bedacht, der unserer Spezies zugutekäme, wenn die Energiekapazität, die bisher für die Befriedigung der Libido aufgewandt wird, anderweitig zur Verfügung stünde?«

Er winkte ab. »Waren die Testpersonen wenigstens Freiwillige?«

»Tut mir leid, die Beantwortung dieser Frage geht deutlich über den Informationsstand hinaus, den ich Ihnen übermitteln kann.«

»Ach, tatsächlich? Das tut mir dann allerdings auch leid. Offenbar haben Sie vergessen, dass Sie es waren, die mich zum Gespräch herbeizitiert hat. Nicht umgekehrt. Und was ich bisher gehört habe, hat mich keinen Deut weitergebracht. Alles, was ich weiß, ist, dass irgendjemand Ihr unfertiges Höllenprodukt bereits im Untergrund vertreibt. Da ich aber weder die restlichen Beteiligten noch die Auftraggeber Ihres wundervollen Experiments kenne, hab ich nach wie vor keine Ahnung, wo ich mit der Suche anfangen soll.«

»Ist das Nasenspray auch schon außerhalb des Frankfurter Raums aufgetaucht?«

»Bis jetzt nicht. Soweit ich weiß.«

Sie nickte langsam. »Ich muss Ihnen zustimmen, das macht so keinen Sinn. Also bitte, fragen Sie. Was könnte Ihnen bei Ihren Ermittlungen helfen?«

»Die Namen der Auftraggeber zum Beispiel.«

»Da muss ich Sie enttäuschen. Die kenne ich ebenfalls nicht.«

Devcon musterte sie mit einem undefinierbaren Blick. »Was ist mit den Expeditionsveranstaltern?«

»Ein bekanntes Naturkundemuseum. Der Name würde Ihnen nichts nützen. Voraussetzung für den Ankauf sämtlicher Rechte an der entdeckten Substanz war, dass alle Unterlagen darüber aus dem Museumsarchiv entfernt wurden.«

»Wer waren die Käufer?«

»Ein internationales Pharmakonsortium.«

»Etwas genauer, bitte.«

»Viel mehr weiß ich auch nicht. SORE nennt sich dieser Konzernzusammenschluss. Und wenn Sie es rückwärts sehen, lesen Sie ...«

»Eros. Wo hat diese Unternehmung ihren Sitz und welche Rechtsform hat sie?«

»SORE ist eine Ltd., gemeldet auf den Kaiman-Inseln.«

Devcon entfuhr ein Schnauben – eine der deutschen GmbH ähnliche Gesellschaft also, basierend auf englischem Recht mit dem Vorteil, dass die Teilhaber nicht sichtbar sein müssen. Und angemeldet in dieser besonders bei halbseidenen Geschäftsleuten beliebten »karibischen Schweiz« in der Nähe von Kuba.

»Welche Unternehmen im Einzelnen beteiligt sind, kann ich Ihnen aber nicht sagen.«

»Oder Sie wollen es nicht. Zu irgendeiner Verbindungsperson müssen Sie aber Kontakt haben.«

»Richtig, die Versuchsergebnisse übermittle ich persönlich an einen von SORE beauftragten Referenten.«

»Genauer, bitte. Was soll diese elende Geheimniskrämerei! Wie ist sein Name?«

»Bedaure. Unmöglich.«

Der Referent des Konsortiums – eine politische Größe aus dem Bundestag – hatte ihr die sofortige Entlassung inklusive nachhaltiger Vernichtung ihrer Reputation versprochen, falls sein Name fiel. Und die Macht dazu hatte er.

»Meine liebe Dame, welches Spiel spielen Sie hier eigentlich? Glauben Sie tatsächlich, ich lasse mich ungestraft derart vorführen?«

Sie holte tief Luft. »Haben Sie bitte noch einen Augenblick Geduld. Zunächst möchte ich mit allem Nachdruck darauf verweisen, dass wir aufgrund der vorherigen und ausschließlich positiv abgeschlossenen Testphasen nicht im geringsten mit molekularbiologischen Nebeneffekten dieses Ausmaßes rechnen konnten.«

»Was sind das für molekularbiologische Nebeneffekte? Und wie äußern sie sich? Doch nicht etwa durch unmittelbare Todesfolge?«

»Nein, das nicht, aber leider deutet inzwischen alles darauf hin, dass AS-371 kontinuierlich toxische Rückstände im beteiligten Hirnareal ablagert ... was ab einem gewissen Anwendungszeitraum unweigerlich zum Hirntod führen muss.«

»Brillant! Einfach brillant. Gratuliere! Da bekommt die Phrase vom *kleinen Tod* zur Umschreibung des Orgasmus doch eine völlig neue Bedeutung! – Und wie sind Sie eigentlich zu diesem Ergebnis gelangt? Auch durch praktische Studien, indem Sie den Leuten dieses Zeug bis zum bitteren Ende verabreicht haben?«

»Bitte mäßigen Sie sich. Unsere Gruppe besteht aus einer Eliteauswahl verantwortungsbewusster Wissenschaftler ...«

»Verantwortungsbewusste Wissenschaftler? Hochgefährliche Schwerstkriminelle trifft die Sache besser!«

»Sie glauben doch hoffentlich nicht ernsthaft, dass einer von uns ein Interesse daran hätte, Menschen sterben zu sehen!«

»Gute Frage. Nach dem, was ich eben gehört habe, steht Ihrer sofortigen Verhaftung jedenfalls nichts mehr im Weg. Also dann, wenn Sie mir bitte folgen wollen, Sie haben das Recht, die Aussage zu verweigern ...«

»Was ich selbstverständlich tun werde! Behalten Sie Platz, denn alles, was ich andernfalls mache, ist, auf meinen Anwalt zu warten. Und Sie leben fortan mit der Gewissheit, jeden einzelnen Tag mit weiteren Toten, verursacht durch AS-371, konfrontiert werden zu können. Was glauben Sie, weshalb ich hier sitze? Seien Sie versichert, wenn ich irgendeine Möglichkeit sähe, die Todesfälle aus eigener Kraft zu stoppen, dann würde ich das sofort tun. Ob es Ihnen gefällt oder nicht, Sie sind auf meine Mithilfe angewiesen. Oder glauben Sie, Sie hätten all das, was ich Ihnen bisher gesagt habe, durch eigenständige Ermittlungsarbeit herausbekommen können?«

»Waren die beiden Personen, deren Tod wir untersuchen, auch Teilnehmer Ihrer Versuche?«

»Nein. Das ist unmöglich. Dieser Personenkreis steht, wie bei jeder Abschlusstestreihe üblich, unter ständiger ärztlicher Beobachtung und ist für die Dauer der Versuchsreihe streng von der Außenwelt abgeschirmt.«

»Was sind das für Leute?«

»Sie repräsentieren einen Querschnitt durch alle möglichen Konstitutions- und Altersgruppen ...«

»Das habe ich nicht gemeint.«

Sie holte erneut tief Luft. »Nun, einer der Gründe für die Anonymitätswahrung des Konsortiums ist die zugegebenermaßen etwas ungewöhnliche Auswahl unserer Testpersonen. Deren Diskretion muss aber schon allein aus Konkurrenzgründen zwingend gewährleistet sein. Glauben Sie mir, die Gefahr von Industriespionage ist speziell bei unserem Produkt ein gewaltiges Problem. Insofern gab es wohl kaum eine bessere Wahl.«

»Und? Was meinen Sie? Ob ich das auch so sehen kann?«

»Wenn Sie sich zumindest einen Augenblick lang dazu entschließen könnten, die Dinge ganzheitlich zu betrachten, halte ich das sogar für möglich.«

»Dann lassen wir es mal darauf ankommen.«

»In Ordnung – und Sie werden sehen, es hat sogar sein Gutes, denn der Anreiz für unsere spezielle Probandengruppe, an diesen Tests teilzunehmen, ist durchaus auch im gesellschaftlichen Interesse.«

»Na, da bin ich aber gespannt!«

»Sie erhielten die Zusicherung ihrer Wiedereingliederung in die Gesellschaft unmittelbar nach Abschluss der Versuchsreihe – selbstverständlich unter Vorbehalt und strengen Auflagen, da es sich um Insassen aus privaten Haftanstalten in den USA handelt.«

Devcon starrte sie an – und pfiff durch die Zähne. »Nicht zu fassen! Hatten die Jungs von der Army diesmal keine Lust, oder was?«

»Wie Sie sehen, resozialisieren wir damit sogar ein paar von offizieller Seite her bereits aufgegebene Leben.«

»So kann man es auch sehen! Und da ich weiß, wie es in einigen dieser nur noch auf Rendite getrimmten, privaten Knast-AGs zugeht, wundert es mich nicht, dass manche Häftlinge alles tun würden, um da rauszukommen. Aber wozu der Aufwand? Kostet sicher 'ne Stange Geld. Wieso haben Sie nicht einfach ein paar Penner von der Straße aufgeklaubt?«

»Es geht um größtmögliche Diskretion, wie gesagt. In der Regel lässt sich diese Klientel aber nicht unbedingt so leicht kontrollieren, richtig?«

»Verstehe, also doch lieber Häftlinge – Moment, da kann man aber nicht mal schnell auf die *Durchlaufposten* zurückgreifen, die zum Beispiel nur wegen der verschärften Sicherheits- und Immigrationspolitik kurzzeitig mal in einer Haftanstalt gelandet sind, stimmt's? Nein, da muss schon ein gewaltiger Druck dahinter sein ... insofern wären Todeskandidaten ideal, meinen Sie nicht auch?«

»Ihre Fantasie geht gerade mit Ihnen durch!«

»Oh, bitte erschrecken Sie deshalb doch nicht! Ich sehe schon, Sie hatten wahrlich schwer zu tragen an der Bürde der Auswahl. Wo selbst Afrika, das größte Labor für den freien Feldversuch, im Hinblick auf den Diskretionsaspekt glatt durchgefallen sein muss bei der Vergabe der Rolle des Versuchskaninchens, habe ich Recht?«

»Haben Sie schon mal daran gedacht, welche Rolle unser Medikament für die Lösung der Aidsproblematik auf dem schwarzen Kontinent spielen könnte?«

»Keine, wenn das Produkt teuer ist! Halten Sie mich eigentlich für vollkommen dämlich? Und meinen Sie ernsthaft, aus Ihren bedauerlichen Todesfällen werden eines Tages die Wohltaten der Zivilisation erwachsen? Es müssen nur alle Ihr Teufelszeug nehmen und die Finger voneinander lassen – und alles wird gut? So ein Blödsinn! In Wahrheit geht es, wie immer, doch nur ums Geld – und das Gemauschel der US-Arzneizulassungsbehörde mit den Pharmariesen wird dabei offenbar immer dreister!«

»Ich glaube nicht, dass die FDA in den Vorgang unserer Testpersonenrekrutierung minutiös involviert ist. Eine staatliche Genehmigung liegt den betreffenden Haftanstalten meines Wissens aber vor.«

»Und wissen Sie was? Das überrascht mich jetzt auch nicht mehr! Wenn die Sauerei auffliegt, machen sie eben medienwirksam der Sekretärin des Unterzeichners, die das Genehmigungsformular nach Diktat erstellt hat, den Prozess. Erst, wenn es gar nicht mehr anders geht, wird der eigentlich Verantwortliche schweren Herzens aus dem Amt entlassen, unter Beibehaltung sämtlicher erworbener Ansprüche, versteht sich. Das Trauerspiel haben sie doch schon im Zuge der Vorgänge rund um den Folterknast im Irak erfolgreich aufgeführt. Sagen Sie, gibt es eigentlich irgendein Tabu, das im Zusammenhang mit diesem grandiosen Forschungsprojekt noch nicht gebrochen wurde?«

»Ich möchte mich jetzt wirklich nicht mehr mit Ihren Schimpftiraden beschäftigen! Ich denke, es wäre sinnvoller, auf die Suche nach denjenigen zu gehen, die AS-371 bereits illegal auf den Markt gebracht haben, meinen Sie nicht auch? Und unsere Probanden haben natürlich keinen freien Zugang zum Serum und stehen außerdem, wie gesagt, unter ständiger Aufsicht. Das heißt, dass Sie diesen Personenkreis von vornherein aus dem Kreis der Verdächtigen ausschließen können.«

»Was ist mit den SORE-Leuten? Halten sich von denen welche hier im Raum Frankfurt auf?«

»Das kann ich nicht beantworten. An die Formel für AS-371 kann aber niemand kommen, da sie unser Labor noch nicht verlassen hat. Das wird erst nach dem erfolgreichen Abschluss der Testreihe geschehen.«

»Sie wollen mir doch jetzt hoffentlich nicht sagen, dass Sie den Leuten Ihr Albtraumgebräu trotz alledem weiterhin verabreichen!«

Sie schürzte die blassrot schimmernden Lippen. »Hören Sie, man hat mich zwar vor Ihrem gelegentlich etwas überschäumenden Temperament gewarnt, aber ich darf Sie dennoch bitten, mich nicht länger wie eine Schwerverbrecherin zu behandeln. Ob Sie es glauben oder nicht, ich kann Ihre Empörung gut nachvollziehen. Sehr gut sogar. Sie sollten sich aber darüber im Klaren sein, dass ein Forschungsstopp niemandem etwas bringen würde.«

»Den bisher Überlebenden der Versuchsreihe schon!«

»So denken Sie! Das entspricht aber nicht der Auffassung, die das Konsortium vertritt. Sehr erfolgreich vertritt, im Übrigen auch vor den Verantwortlichen im Ministerium. Dort spricht man nicht mehr von Toten, sondern von Unfällen! Und Unfälle vermeidet man nicht, indem man die Fahrzeuge stilllegt, sondern durch Schulung oder Austausch der Fahrer! Verstehen Sie? Einen Forschungsstopp zieht man gar nicht erst in Betracht, dafür steht viel zu viel Geld auf dem Spiel. Gleiches gilt für eine Labor- und Zuchtstättenverlegung, was aufgrund der Vorkommnisse gerade diskutiert wird. Vergessen Sie nicht, dass Sie es hier keineswegs mit einem lokalen Spieler zu tun haben. Und ohne Ihnen zu nahe treten zu wollen – glauben Sie mir, Ihre Einflussmöglichkeiten in diesem Fall sind alles andere als groß.«

Devcon hob kaum merklich die Brauen – so gesehen erschien ihm der Auftritt von BKA-Hauptkommissar Losard in einem völlig anderen Licht. »Wie viele Personen arbeiten an dem Projekt?«

»Die Teams aus den vorherigen Phasen kenne ich nicht. Verbindungsglied ist, wie gesagt, der Referent von SORE. Die Pflanze wird bisher nur in unserer Zuchtstätte gezüchtet. Mit dem Massenanbau, der übrigens irgendwo in den Weiten Ihres Geburtslandes geplant ist, wurde meines Wissens noch nicht begonnen. Insofern können in das jetzige Stadium nur wenige Personen eingebunden sein. Hier in Deutschland sind wir derzeit lediglich noch zu viert – die Endphasengruppe, wenn Sie so wollen.«

»Reiter der Apokalypse. Klingt besser. Und wo ist die Teststation mit den Probanden?«

Sie wandte sich ab und ließ sich demonstrativ Zeit mit ihrer Antwort. »Nicht hier in Deutschland, wie Sie dem eben Gesagten doch entnehmen konnten.«

Er taxierte sie mit unbeweglicher Miene. »Also gut, wie Sie wollen. Dann eben andersrum. Wo genau befindet sich diese Zuchtstätte und wer hat Zugang?«

»Wo sie untergebracht ist, werde ich Ihnen auch nicht verraten. Ebenso wenig bin ich befugt, Namen preiszugeben. Zugang haben aber nur ich selbst und unser Botaniker.«

»Die Versorgung der Teststation mit diesem tödlichen Superserum läuft also ausschließlich über Sie beide?«

»Richtig.«

»Demnach muss also zumindest einer von Ihnen beiden in den illegalen Vertrieb eingebunden sein.«

Sie starrte ihn mit offenem Mund an. »Ausgeschlossen. Für den Jungen lege ich meine Hand ins Feuer.«

»Vergessen Sie nicht den Asbesthandschuh. Erzählen Sie mir ein bisschen von ihm.«

»Was soll ich Ihnen da sagen, was für Sie von Relevanz sein könnte? Er ist ein brillanter Kopf und außerdem von Anfang an dabei. Er gehörte zur Expeditionsgruppe.«

»Bestehen da noch Kontakte?«

»Meines Wissens nicht. Ich denke, er interessiert sich hauptsächlich für seine Pflanzenwelt. Zur Zeit hat er auch sehr viel zu tun. Er schreibt gerade an seiner Doktorarbeit, die gleichzeitig die offizielle Abhandlung des botanischen Teils bei der Entwicklung von AS-371 sein wird. Und ich habe den Eindruck, dass ihm seine Promotion immens wichtig ist.«

»Er promoviert? Dann ist er einer zusätzlichen Einnahmequelle sicher nicht abgeneigt.«

Sie schüttelte energisch den Kopf. »Glauben Sie mir, zu so etwas wäre er nicht fähig.«

»Er vielleicht nicht. Aber jemand aus seinem Umfeld hat da vielleicht weniger Skrupel.«

»Was wollen Sie damit sagen?«

»Dass Ihr auf seinem Fachgebiet sicher überaus kluges Köpfchen möglicherweise benutzt wird. Eventuell sogar ohne sein Wissen.«

»Das halte ich für vollkommen unmöglich.«

»Dann stellen Sie sich vor, was alles sein könnte, wenn er an falscher Stelle nur mal ein wenig zu viel geplaudert hätte.«

»Selbst dann müsste diese Person nicht nur im Besitz der Formel zur Herstellung des Serums sein, sondern außerdem ein eigenes Züchtungslabor mit entsprechendem Know-how aufgebaut haben. Sie sehen also, *ein wenig Geplaudere* würde noch lange nicht ausreichen, um in dieses illegale Geschäft einzusteigen. Und derjenige müsste zudem mit einer nicht geringen Finanzkraft ausgestattet sein ...«

»Meine liebe Dame, ich sehe Ihre Zwickmühle. Aber wenn Sie wirklich verhindern wollen, dass sich Ihre Wunderdroge weiter ausbreitet, müssen Sie mir deutlich mehr in die Hand geben. Ich brauche einen konkreten Anhaltspunkt, damit ich umgehend mit der Suche beginnen kann. Die Uhr tickt bereits, und zwar unüberhörbar laut. Also bitte, wo ist diese verdammte Zuchtstätte?«

Sie sah ihm entgegen, und er versuchte eine Regung zu erkennen in dem wie einbalsamiert wirkenden Gesicht – das zudem hinter der üppigen Sonnenbrille verborgen war. Dennoch hatte er das Gefühl, als würde sie gerade sehr angestrengt nachdenken.

»Ich werde Ihnen diese Frage nicht beantworten. Sie wissen, dass ich das weder darf noch kann.«

»Oh doch, Sie können!«

»Aber ich biete Ihnen eine Art Handel an.«

»W ... Na, da bin ich aber froh!«

»Hören Sie, ich habe Ihnen doch schon gesagt, dass ich im Falle einer offiziellen Befragung durch Sie oder Ihre Kollegen alles leugnen werde. Und Sie haben nun mal keinerlei Beweise für das, was ich Ihnen bisher mitgeteilt habe. Insofern sind Sie im Augenblick also eindeutig nicht in der Position, um mich zu irgendetwas zwingen zu können, richtig?«

»Ach, wissen Sie, es ist ja nicht so, dass wir keine Spezialisten zum Thema Verhörtechniken im Präsidium haben ...«

»Auch das ist mir bekannt – wie im Übrigen auch, dass Sie im Fall unseres Nasensprays zwar die Ermittlungen leiten, sich dabei aber von Anfang an unter Beobachtung einer sehr einflussreichen Behörde befinden. Und ich weiß nicht, wie man da auf eine Befragung meiner Person reagieren würde – falls Sie verstehen, was ich damit meine.«

Devcons Miene wurde steinhart. »Ich bin mir nicht sicher, ob ich das überhaupt verstehen will. Und haben Sie kapiert, was *ich* damit meine? Versuchen Sie bloß nicht, mich zu erpressen!«

Sie schüttelte den Kopf. »Es ist offenbar zwecklos. Wir drehen uns nur im Kreis.« Sie machte Anstalten, sich zu erheben.

»Möchten Sie unser Gespräch jetzt doch lieber im Präsidium fortsetzen? Oder soll ich erst noch einen bestimmten Spruch aufsagen, bevor Sie mit Ihrem Angebot rausrücken?«

Sie wandte sich ihm wieder zu. »Ach? Auf einmal sind Sie also interessiert? Gut, dann hören Sie zu, ich schlage Ihnen Folgendes vor – und daran können Sie übrigens erneut sehen, wie wichtig es mir ist, dass dieses unselige Treiben schnellstmöglich ein Ende hat ...«

»Damit Ihr wundervolles Projekt nicht durch ein paar mehr Tote plötzlich doch noch in Verruf kommt?«

»In Ordnung, jetzt reicht es mir wirklich! Ich habe es versucht, aber Sie wollen es ja nicht anders.« Sie stand abrupt auf.

»Setzen Sie sich lieber schnell wieder hin und schießen Sie endlich los, bevor ich endgültig die Geduld verliere!«

Sie blieb eine Weile reglos stehen – und nahm dann betont langsam wieder Platz. »Hier ist mein Vorschlag: Sie geben mir genau einen Tag Zeit ...«

»Was?«

»Dann rufe ich Sie persönlich an und gebe Ihnen den Namen unseres Botanikers.«

»Inklusive der Wohnanschrift. Soviel ist Ihnen die Sicherung Ihrer immens wertvollen Forschungsergebnisse doch wohl wert, oder?«

Sie atmete tief ein – und streckte dann ihre Hand aus. »Ihre Handyrufnummer, bitte.«

Devcon griff in die Innentasche seiner Lederjacke und holte eine Visitenkarte heraus. Sie warf nicht einmal einen kurzen Blick darauf, steckte sie in die Manteltasche, erhob sich erneut und ging ohne ein weiteres Wort.

18

Die Tür am Ende des Flurs im zweiten Stock des Theodor-Stern-Hauses war von innen verschlossen. Das schmale Zifferblatt der silbern umrahmten Uhr im Labor zeigte kurz vor fünf Uhr nachmittags. Gregor Martens saß in einem Bürosessel vor dem langen Tisch, auf dem der leistungsstarke Labor-PC stand, und starrte auf den flachen Monitor. Er zeigte ein 3D-Labyrinth, eines der standardmäßigen Pausenprogramme.

Er kam mit seiner Doktorarbeit nicht voran. Nicht eine Zeile hatte er zu Papier gebracht – ein weiterer Tag komplett vertan, nachdem er gestern, erstmals seit Projektbeginn, nicht imstande gewesen war, überhaupt hierherzufahren. Und dabei war er zeitlich ohnehin schon heillos im Verzug. »Mist! Mist! Mist!« Mit der Faust schlug er mehrmals auf die Tastatur, was den Bildschirmschoner deaktivierte und eine unsinnige Zeichenabfolge in das Dokument einfügte. Von außen rumorte es am Türschloss. Gefolgt von wütendem Hämmern. Er öffnete die Tür.

»Wollten Sie mich aussperren?«, fragte Franka Bubenhain, die Hände in den ausgeleierten Taschen ihres Kittels vergraben.

»Hatte vergessen den Schlüssel abzuziehen.«

»So, so.« Sie trat ein und schloss gleich wieder ab. »Alles in Ordnung mit der Zucht?«

»Ja, alles bestens.«

»Sind Sie sicher?«

Er sah ihr überrascht entgegen. »Heute Mittag war ich das letzte Mal oben. Da war alles okay.«

»Nun, ich bin auch schon einen Augenblick länger im Haus«, erwiderte sie mit messerscharfer Stimme. Gregor Martens *musste* in den illegalen Vertrieb des Nasensprays eingebunden sein. Das ging gar nicht anders, das hatte sie im Gespräch mit Devcon realisiert – welches ihr ziemlich entglitten war, da brauchte sie sich nichts vorzumachen. An sich hatte sie es nur führen wollen, um herauszubekommen, inwieweit das Projekt durch die aktuellen Vorkommnisse gefährdet war. Hätte sie die jetzt gegebenen Konstellationen allerdings vorausgeahnt, wäre ihr das freilich nie in den Sinn gekommen! Unmittelbar im Anschluss hatte sie sich die Bestände oben in der Zuchtstätte ganz genau angesehen – und Martens Betrug bemerkt. Die Pflanze sah einem gewöhnlichen Wurmfarn, einer Gattung mit etwa 150 weltweit verbreiteten Arten, zum Verwechseln ähnlich. Nur ein geschultes Auge konnte den Austausch bemerken. Zu viele abgeerntete Pflanzen wären zweifellos aufgefallen – also ersetzte Martens immer mehr der gezüchteten Exemplare durch den Wurmfarn, um zu kaschieren, dass er deutlich mehr Blätter verbrauchte, als es zur Serumsherstellung für die Versuchsreihe nötig wäre. Und die Sache lief offenbar schon eine Weile – was nichts anderes hieß, als dass er sie eher früher als später allesamt mit ins Verderben reißen würde. Wenn sie jetzt noch etwas retten wollte, musste sie also ganz schnell handeln – und vor allem sicherstellen, dass *nur er* über die Klinge sprang.

»Ich kann Ihnen gar nicht sagen, wie schwer es mir fällt zu glauben, dass ich mich derart in Ihnen getäuscht haben soll.«

»Ja, aber – was hab ich denn gemacht?«

Franka Bubenhain schüttelte den Kopf. »Wie ich sehe, möchten Sie nicht reden. Gut, wie Sie meinen. Also dann, die Schlüssel zum Labor hier und zur Zuchtstätte, bitte.«

Gregor Martens erstarrte.

»Was haben Sie erwartet? Wie mir scheint, ist Ihnen noch immer nicht klar, was Sie da angerichtet haben. Man muss Sie offenbar vor sich selbst schützen.«

Er wollte etwas erwidern, aber sie unterbrach ihn. Und ihre jadegrünen Augen blitzten vor Zorn. »Jetzt hören Sie mir gut zu! Jeder von uns kann Fehler machen. Man sollte sie irgendwann aber auch erkennen, meinen Sie nicht auch? Und jetzt geben Sie mir sofort die Schlüssel. Für Sie ist Schluss mit diesem Projekt!«

»Aber ...«

»Die Schlüssel, habe ich gesagt!«

Widerstrebend löste er sie von seinem Bund und hielt sie ihr hin. Sie riss sie ihm mit einem Ruck aus der Hand und schob sie in ihre Hosentasche.

»Und jetzt aktualisieren Sie die Datensicherung auf der externen Festplatte auf den Stand von heute!«

»Aber die Sicherung vom letzten Mal ist doch noch aktuell, weil ich seitdem leider nicht weitergekommen bin ...«

»Lassen Sie mich das sehen!«

»Was?«

»Schließen Sie die Festplatte an und zeigen Sie mir, was darauf ist!«

Gregor Martens schluckte, während er das Kabel der externen Festplatte in den Rechner steckte. Er wartete, bis der PC die Verbindung aufgebaut hatte und öffnete dann den Datei-Explorer. »Hier, bitte – da sind die Formeln zur Serumszusammensetzung vollständig abgespeichert, hier sind alle klimatischen und die Düngung betreffenden Daten zur Pflanzenzucht, und das hier ist meine Promotionsschrift, Stand ...«

»Vorletzte Woche? Meine Güte, ich denke, der Doktortitel ist Ihnen so überaus wichtig? Aber Ihre dreiste Privataktion hat Ihren Sinn für das Wesentliche offensichtlich vollkommen getrübt!«

»Wie? Also, ich versteh das alles nicht ...«

»Ich auch nicht! Wie konnten Sie nur auf eine derart törichte Idee kommen! Ist Ihnen bewusst, dass Sie sich keineswegs nur des Diebstahls, sondern zumindest indirekt auch des vorsätzlichen Mordes schuldig gemacht haben?«

Gregor Martens Augen wurden riesengroß.

»Ach, da staunen Sie? Wie würden Sie es denn dann nennen, wenn einer ein Präparat herausgibt, von dem er genau weiß, dass es sich noch in der Testphase befindet, über dessen gravierende Nebenwirkung er mittlerweile aber bestens unterrichtet sein dürfte! Was ist los, haben Ihnen die Duftstoffe Ihrer Zuchtpflanze da oben den Verstand völlig vernebelt?«

Seine Wangen waren dunkelrot angelaufen.

»Und jetzt machen Sie mir bitte mal Platz!« Sie drückte ihn zur Seite, nahm die PC-Maus, trennte die externe Festplatte vom Rechner, zog das Kabel wieder ab und klemmte sich den Datenspeicher unter den Arm. »So, und nun gebe ich Ihnen genau fünf Minuten, um Ihre persönlichen Sachen einzusammeln und das Labor zu verlassen.«

»Ja, aber was wird denn jetzt aus meiner Zucht ...«

»Das hätte ich mir an Ihrer Stelle schon viel früher überlegt! Sie sind hiermit aus diesem Projekt entlassen und zwar fristlos – und ich rate Ihnen gut, daran zu denken, dass die Geheimhaltungspflicht auch nach der Auflösung Ihres Vertrages gilt. Sollten Sie dem in irgendeiner Form zuwider handeln – nun, dann sorge ich nicht nur dafür, dass Sie ein brandheißer Kandidat für das hiesige Untersuchungsgefängnis sind, sondern vor allem auch dafür, dass Sie Ihre Promotion für alle Zeiten vergessen können!«

»Aber damit haben Sie doch überhaupt nichts zu tun!«

»So? Meinen Sie? Na, da kann ich Sie nur warnen. Lassen Sie es lieber nicht darauf ankommen!«

Gregor Martens schwieg – und senkte den Kopf. Auf eine Fürsprache seines Doktorvaters durfte er in der Tat nicht hoffen. Er kannte den Emeritus mit eigenem Forschungslabor in Kalifornien im Wesentlichen aus der Zeitung.

»Überlegen Sie sich also gut – sehr gut! –, was Sie jetzt tun. Und vergessen Sie nicht, in fünf Minuten will ich Sie hier nicht mehr sehen. Die Zeit läuft.«

Ohne ein weiteres Wort setzte Franka Bubenhain sich mit der externen Festplatte unter dem Arm auf einen der Bürostühle und beobachtete, wie er zögernd einen großen Karton mit Druckerpapier leerte und zuerst langsam, dann immer schneller, schließlich hektisch seine persönlichen Utensilien und Unterlagen darin verstaute.

19

Devcon hockte hinter der vom Regenwasser verschmutzten Windschutzscheibe seines BMWs und starrte auf den Zigarettenautomaten auf der gegenüberliegenden Straßenseite. Welche Marken der Apparat führte, konnte er nur erahnen. Der frühe Nachthimmel verdrängte das ohnehin nur karge Tageslicht zusehends. Die Schulstraße, schmal und am Rande des für seine Kneipenvielzahl berühmten Stadtteils Alt-Sachsenhausen gelegen, war so gut wie menschenleer – menschenleer wie der »Ebbelwei-Express«, der bunte Straßenbahnzug der Mainmetropole, an einem nasskalten Wochentag. Devcon sah auf seine Armbanduhr und schüttelte den Kopf. Er parkte drei Autolängen von der Hofeinfahrt des mehrstöckigen Wohnhauses entfernt und wartete. Worauf, das wusste er selbst noch nicht so genau.

Seine Informantin hatte Wort gehalten – exakt einen Tag später, am gestrigen Mittwochnachmittag also, hatte sie ihn aus einer Telefonzelle angerufen, ihm den gewünschten Namen inklusive Wohnanschrift übermittelt und dann sofort wieder eingehängt. Die Angaben zu der genannten Person hatten sie überprüft, und die ersten Ergebnisse der Nachforschungen zeigten die Glaubhaftigkeit der Aussage. Also hatte Devcon Gregor Martens' Observation angeordnet und sich dann mit Michael Kartan beraten – Zeit genug für Tatjana, um zu versuchen, mit Hilfe der polizeiinternen Datenbank und einigen Amtstelefonaten ein ausführliches Persönlichkeitsprofil der Zielperson zu erstellen. Polizeiliche Fakten lagen nicht vor. Auch bei den anderen Behörden – die sie zu der Stunde noch hatte erreichen können – gab es keine Auffälligkeiten. Ein ungewöhnliches Merkmal wies offenbar nur seine Krankengeschichte aus. »Gregor Martens? Klar kenn ich den, das ist doch der Typ, der im zweiten Stock wohnt. Und der vom Krokodil gebissen wurde. Das hat er mir selbst gesagt. Ich hab mal die Narbe unten an der Wade gesehen, als er sein Fahrrad poliert hat«, hatte Ralf Herzog freimütig am Telefon erzählt. In ihrer Verzweiflung hatte Tatjana die Bewohner des Mietshauses angerufen, in dem

Martens derzeit wohnte, und sich auf gut Glück als eine frühere Kommilitonin von ihm ausgegeben. Viel mehr hatte sie auf diesem Wege allerdings nicht erfahren können – außer, dass Martens wohl sehr zurückgezogen lebte.

Eine erste Bewegung von Martens war am heutigen Morgen vermeldet worden: Auf einem gelb lackierten Sportfahrrad war er zum Universitätsklinikum geradelt, gefolgt von zwei Zivilbeamten in einem dunkelblauen 3er-BMW. Sie hatten Posten bezogen auf dem tagsüber stark frequentierten Besucherparkplatz des Klinikgeländes, Martens' Fahrrad zentral im Blickfeld. Es stand neben dem Eingang zu Gebäude 25A, durch den er verschwunden war – nachdem er sich vorher auffallend oft nach allen Seiten umgesehen hatte. Seither war keine Meldung mehr erfolgt.

Devcons Blick verschmolz zu einer Einheit mit dem Zigarettenautomaten. Erst das schrillende Diensthandy vermochte das magische Band zu lösen.

»Er fährt gerade vom Gelände. Wir bleiben dran«, meldete der Beobachtungsposten.

»Gut, danke.« Devcon legte den Apparat ins Seitenfach und stieß hörbar die Luft aus. Aller Voraussicht nach blieben ihm jetzt nur noch wenige Minuten Bedenkzeit für sein Vorhaben – falls Martens tatsächlich jetzt gleich zu sich nach Hause zurückkehren würde.

Vom Regen durchnässt stand Gregor Martens unter dem schützenden Vordach des Hauseingangs, das Fahrrad gegen die Hüfte gelehnt. Er zog seinen Schlüsselbund aus der Jackentasche – an dem jetzt die Ersatzschlüssel für das Labor und die Zuchtstätte hingen. Die hatte er sich schon kurz nach dem Projektbeginn besorgt, indem er bei der Gebäudeverwaltung erklärt hatte, er habe seinen gesamten Schlüsselbund verloren – er wollte sichergehen, jederzeit ins Labor zu kommen, auch wenn er seine Schlüssel tatsächlich einmal verlieren sollte, während die anderen auf einer ihrer zahllosen Dienstreisen waren.

Wie gut, dass er vorgesorgt hatte. Nur dank dieser »Ersatzschlüssel« konnte er überhaupt noch an seine Forschungsarbeit kommen! Morgen würde er noch einmal losfahren – und sein Nervenkostüm über die Maßen strapazieren. Zwar rief er vorher natürlich an, um sicherzustellen, dass weder Bubenhain noch ihre beiden Assistenten im Haus waren. Das garantierte ihm jedoch nicht, dass einer von ihnen nicht irgendwann später doch durch die Tür spazieren würde ...

»Herr Martens?«

Jäh aus seinen Gedanken gerissen, drehte er ruckartig den Kopf. »Ja?«

»Frankfurter Mordkommission«, sagte Devcon, zückte seinen Dienstausweis und hielt ihn hoch. »Ich leite die Ermittlungen im Zusammenhang mit den Todesfällen, die durch AS-371, oder auch Paradise, herbeigeführt wurden. Sie wissen schon, das Nasenspray, an dessen Herstellung Sie maßgeblich beteiligt sind.« Er beobachtete wachsendes Entsetzen in Martens' Miene, während er den Ausweis wieder in die Jackeninnentasche gleiten ließ. »Laut meinen Informationen steht dieses Forschungsprojekt unter strengster Geheimhaltung. Soweit ich weiß, haben Sie aber Zugang zu den Forschungsdaten *und* der Zuchtpflanze. Ist das richtig?«

»Ich bin nicht befugt, darüber zu sprechen!«

Das Sportfahrrad krachte zu Boden. Devcon stellte es auf und übergab es Martens – nachdem er unauffällig einen Funksender unterhalb des Sattels angebracht hatte. »Nun ist das Mittel ja offensichtlich irgendwie unter die Leute gebracht worden. Und Sie können sich bestimmt vorstellen, dass es mich sehr interessiert, wo es innerhalb Ihrer Organisation eine undichte Stelle geben könnte.«

»Was denn für eine undichte Stelle?«

Devcon registrierte pochende Schläfen. »Gut, wenn Sie nicht kooperieren wollen, dann begleiten Sie mich zur Protokollierung einer ausführlichen Aussage bitte ins Präsidium.«

Gregor Martens riss die Augen auf. »Ist das eine offizielle Vorladung?«

»Nein.«

»Dann muss ich Ihnen mitteilen, dass ich dazu leider gerade gar keine Zeit habe.«

»Wie Sie meinen. Aber Sie werden wieder von uns hören, verlassen Sie sich darauf.« Er nickte Martens zu und ging zurück zum Auto. Im Wagen stellte er das Handy in die Freisprechanlage, drehte den Zündschlüssel, versetzte das Automatikgetriebe des BMW in den Fahrmodus und drückte Taste eins.

»Was steht an, Chef?«, fragte Michael Kartan.

»Hast du mittlerweile irgendwas Näheres über diese Zuchtstätte auf dem Klinikgebäude in Erfahrung bringen können?«

»Könnte man sagen, ja. Laut einem Mitarbeiter aus einem der anderen da angesiedelten Bereiche befindet sich dort eine private Heilpflanzen-Zuchtstation. Und deren Personal wird natürlich nicht im offiziellen Personenverzeichnis des Klinikums geführt. Dazu gehört noch ein weiterer Laborraum im selben Gebäude. Für die Vermietungen kassiert die Uni übrigens eine schöne Stange Geld – und rate mal, wer der Mieter ist.«

»Ein Pharmakonsortium namens SORE.«

»Bingo. Die Recherche dazu läuft aber noch. Also, was machen wir jetzt? Eine offizielle Durchsuchung der Zuchtstation und des zugehörigen Labors veranlassen?«

»Und wie willst du das durchboxen ohne beweiskräftiges Material an der Hand? Im Moment kriegen wir weder einen Durchsuchungsbeschluss noch eine Abhörgenehmigung, das ist dir doch wohl auch klar – ach, Mist!«

»Was ist?«

»Hab die verdammte Baustelle hier unten am Mainufer vergessen!«

»Und warum gehen wir nicht erst mal inkognito rein?«

»Mal eben so zum touristischen Sightseeing-Termin, oder was? Meinst du wirklich, du kannst da einfach so reinspazieren, nach allem, was die Dame so von sich gegeben hat?«

»Deren Story ich im Großen und Ganzen ganz schön abenteuerlich finde, wie du weißt ...«

»Ich weiß. Da uns aber von weiteren Forschungsteammitgliedern außer Martens derzeit offiziell nichts bekannt ist ...«

»Offiziell? Bislang stützt sich alles auf die Erzählung deiner anonymen Informantin!«

»Die immerhin völlig ohne Not das Gespräch mit mir gesucht hat ...«

»Tja, leidet wohl unter Selbstüberschätzung und meint, nur sie allein könne der armen Kripo helfen.«

»Ich glaube nicht, dass wir eine Erklärung auf der psychologischen Ebene suchen müssen. Nein, ich hatte den Eindruck, dass sie tatsächlich an einer Schadensbegrenzung interessiert ist und deswegen weitgehend ehrlich ...«

»Aber so weit reichte ihre Ehrlichkeit dann doch nicht, um uns ihre Identität zu offenbaren. Und wir sitzen nun hier und bekommen die bis auf Weiteres wohl auch nicht raus. Hast du eine Ahnung, wie viele Fachleute, auch Frauen, es inzwischen auf diesem Forschungsgebiet gibt? Das kann Wochen dauern, bis wir die alle überprüft und deine Unbekannte gefunden haben.«

»Und deshalb sorgst du eben jetzt erst mal dafür, dass Martens, als unser einziges Verbindungsglied zu ihr, unter Dauerbeobachtung bleibt. Ab jetzt will ich über jede noch so kleine Bewegung von ihm unterrichtet werden.«

»Und warum lassen wir ihn nicht einfach vorladen?«

»Weil wir durch eine Beschattung im Moment sicher mehr herausbekommen können, als durch eine Vernehmung, bei der er mit Sicherheit den großen Schweiger geben wird. – Es geht vorwärts, unglaublich, vielleicht lege ich die zwei Meter zum Präsidium doch noch heute zurück.«

»Ich verstehe sowieso bis jetzt nicht, warum du sie einfach hast laufen lassen.«

»Wen, meine Informantin? Das hab ich dir doch schon mehrmals gesagt. Sie hat mir unmissverständlich klargemacht, dass wir im Moment ihrer Festsetzung die Verlegung der Zuchtstätte besiegeln würden. Und auch sie bräuchte bloß zu schweigen, da wir absolut nichts gegen sie in der Hand haben. – Und dann war da noch der nicht gerade dezente Hinweis auf diese *sehr einflussreiche Behörde*, du erinnerst dich? Nein, der Weg zu diesem Josef führt, wenn nicht in die Sackgasse, dann nur über Martens.«

»Zu dumm, dass der Bundestrojaner noch nicht fertig ist.«

»Bundestrojaner?«

»Ja, wird angeblich gerade im Auftrag der Bundesregierung programmiert, um den Strafverfolgungsbehörden die Durchsuchung eines Computers ohne Wissen des Besitzers zu ermöglichen. Den könnten wir unbemerkt auf Martens' Rechner spielen lassen und so ganz schnell feststellen, ob er zumindest Onlinekontakte mit diesem Josef hat.«

»Verstehe, soweit die graue Theorie. Und wie soll das in der Praxis funktionieren, ohne dass er es bemerkt?«

»Das ist das Problem. Wenn selbst die meisten der privaten Nutzer inzwischen mindestens ein Sicherheitssystem in Form von Anti-Viren-Programmen oder Firewalls laufen haben, die permanent aktualisiert werden, müsste besagter Trojaner folglich manuell durchgelassen werden – das heißt, der Anwender müsste den Warnhinweis seines Sicherheitssystems ignorieren.«

»Na, ob es eine derart leichtsinnige Klientel unter Schwerkriminellen gibt, darf bezweifelt werden. Klingt nach einer Zeitungsente, schlecht abgekupfert vom Projekt *Rote Laterne* – und die Ampel wird auch gerade rot. Prima!«

»Rote Laterne?«

»Ein US-Projekt, liegt etwa fünf Jahre zurück. Die amerikanische Regierung hatte die weltweit größten Internetsecurity-Hersteller der Welt angeschrieben, mit der Bitte, ihre Software so zu programmieren, dass sie die Installation eines Trojaners zulassen würde, den die Ermittlungsbehörden zum Ausspionieren der Computer von Verdächtigen entwickelt hatten.«

»Lass mich raten. Der Bitte ist nicht entsprochen worden, und die IT-Branche lacht noch heute.«

»So in etwa. Die würden wohl kaum noch etwas verkaufen, wenn publik würde, dass sie ihre Systeme auf Anfrage der US-Regierung durchlässig machen.«

»In unserem Fall könnte es meiner Meinung nach aber nichts schaden, wenn wir Schwesterchens Hacker-Freund mal auf Martens' Privat-PC ansetzten. Vielleicht könnte der sich ja Zugang zu seinem Rechner verschaffen, möglicherweise über den Gratis-Download eines Musikstücks, in das er ein Spähprogramm versteckt.«

»Was uns nicht wirklich etwas bringen würde, da die Auswertung von Computern nach wie vor lediglich im Rahmen einer offenen Durchsuchung zulässig ist. Für alles andere fehlt die gesetzliche Grundlage.«

»In Ausnahmefällen wurde solchen heimlichen Aktionen aber schon ebenso heimlich grünes Licht gegeben.«

»Da kannst du hier lange warten! Aber egal, ich bin gleich da, dann können wir es von mir aus noch mal im Detail durchgehen. Wenn alles glattgeht, so wie ich es mir vorstelle, kann sich Losard sein dämliches Ultimatum in Kürze aber so oder so auf den Arsch nageln.«

»Ich versteh kein Wort.«

»Wir haben Glück, denn Martens ist weiß Gott kein Profi. Bekam sofort das große Zittern, als ich ihn auf Paradise angesprochen hab.«

»Du hast was?«

»Zugegebenermaßen eine dem Zeitdruck geschuldete, recht simple Überrumpelungsstrategie. Die aber durchaus auch dazu hätte führen können, dass er mir freiwillig zum Verhör ins Präsidium folgt.«

»Doch dem war nicht so.«

»Korrekt. Ist aber kein Problem. Wenn er versucht, abzuhauen – gut, dann haben wir einen hinreichenden Grund, ihn festzusetzen und den erforderlichen Durchsuchungsbeschluss zu erwirken. Falls nicht – umso besser.«

»Wieso?«

»Weil er jetzt gewaltig unter Druck steht. Und Menschen, die unter Druck stehen, machen bekanntlich besonders gern Fehler. Was uns hoffentlich auf direktem Weg zu den eigentlichen Drahtziehern führen wird.«

20

Josef wartete seit über einer Stunde. Und seine Nervosität wuchs. Die Baumstämme der Kunstpalmen in der Chill-Out-Zone boten nur minimale Deckung vor den immer zahlreicheren Paradise-Kunden, die ihn mit der Präzision von Haifischen im Blutrausch zu wittern schienen. Das heutige Motto im *be my dream* lautete Blind-Date-Büfett – bei dem sie die bunten Buttons auch schon einige Male ausgelegt hatten, mehr oder weniger auffällig in die Büfettdekoration integriert. Letztere bestand an diesem Abend aus einem Mann und zwei Frauen, die jeweils in der Mitte der drei langen Tische lagen, und deren wohlgeformte Körper mit nichts als raffiniert zurechtgeschnittenen Häppchen bedeckt waren.

»Was, zum Teufel, machst du schon wieder hier? Los, komm mit!«

Josef folgte dem Mann mit seinem Laptop unterm Arm quer durch den Club in das Minibüro, das sich hinter einer perfekt in das Wanddesign eingepassten Tür verbarg.

»Herrgott, ich habe dir die Risiken für dein außerplanmäßiges Erscheinen doch schon Dutzende Male runtergebetet – abgesehen davon, dass es ganz sicher nicht von Vorteil ist, wenn man uns hier ständig zusammen sieht.«

»Aber es ist wieder passiert! Einer unserer Kunden ist tot. Und umgebracht hat ihn Paradise, das steht einwandfrei fest. Wir müssen sofort aufhören! Und schnellstens verschwinden, dafür ist doch schon genug Geld da ...«

»Wie hast du diesmal davon erfahren?«

»Es stand in der Zeitung! Der seltsame Hirntod eines ...«

»Moment, Moment, Moment. Wie passt das? Hast du nicht gerade gesagt, dass die Todesursache einwandfrei feststehen würde?«

»Er hat es genommen, er war Kunde!«

»Sein Name war Körns, stimmt's?«

»Sie haben es also auch gelesen?«

»Gehörte zur Politikerkaste. Allein deshalb ist sein wodurch auch immer verursachtes Ableben eine Zeitungsmeldung wert. Was haben sie über Paradise geschrieben?«

»Über Paradise? Wie meinen Sie das?«

»Wie ich das meine? Soll das heißen, dass es wieder mit keiner Silbe namentlich erwähnt wurde?«

»So direkt nicht, es war die Rede von einem unbekannten Medikament ...«

»Und warum glaubst du dann, dass Paradise für seinen Tod verantwortlich ist?«

»Weil die Testpersonen aus der ersten Versuchsreihe inzwischen auch alle tot sind!«

»Tatsächlich?«

»Ja. Außerdem – es ist bemerkt worden.«

»Was genau ist bemerkt worden?«

»Der Pflanzenaustausch. Die Sache ist aufgeflogen.«

»So? Ja, da schau her. Sag mal, was ist nur mit dir los? Merkst du nicht, was hier gespielt wird?«

»Gespielt?«

»Denk doch mal nach! Glaubst du, wir sind die Einzigen, die wissen, was für ein Gewinnpotential in dem Serum steckt? Für beide Geschlechter jederzeit und unabhängig voneinander das Höchstmaß an sexueller Befriedigung. Ohne groß etwas dafür tun zu müssen. Wenn das keine Innovation ist! Denk dran, Fortschritt bedeutet nichts anderes, als die angeborene Trägheit der Menschen nach besten Kräften zu unterstützten.«

»Aber die giftigen Ablagerungen ...«

»Papperlapapp! Das ist Blödsinn! Ein Phantasieprodukt. Nachdem die werte Frau Doktor endlich auch auf den Trichter gekommen ist! Wieso hätte sie sonst den Austausch der Pflanzen bemerken sollen, wenn sie nicht selbst ein paar abzweigen wollte? Und jetzt ärgert sie sich, weil jemand schneller war. Ich kenne den Ehrgeiz der Dame, wie du weißt.«

Josef sah sein Gegenüber verdutzt an.

»Glaub mir, ich habe aus meinen schmerzlichen Erfahrungen mit der Hinterlist dieser Frau fürs Leben gelernt. Paradise ist absolut ungefährlich. Davon bin ich felsenfest überzeugt ... Du selbst bist doch das beste Beispiel. Einen kränklichen Eindruck machst du jedenfalls nicht. Oder hast du dich schon mal schlecht gefühlt nach einem deiner Trips ins Sexualparadies?«

Josef wurde puterrot.

»Na siehst du. Glaubst du denn allen Ernstes, man könnte, auch wenn die Moral immer mehr verkommt, Menschen wie Laborratten zu Tode testen? Noch dazu für ein Luxuspräparat. Was denkst du, wenn das an die Öffentlichkeit geriete. Heerscharen selbsternannter Gutmenschen würden auf die Barrikaden gehen. Und etliche Verantwortliche müssten allein wegen des Rauschens im Blätterwald ihren Hut nehmen. So hoch kann kein Schmiergeld eines Konzerns sein, für das ein Politiker ein solches Risiko eingehen würde, wenn man sich am Ruder der Macht auf bedeutend einfachere und ungefährlichere Art bereichern kann. Ohne allzu offensichtlich an den Grundrechten des Menschen rütteln zu müssen, das kannst du mir ruhig abnehmen.«

Josef war schwindelig geworden. Er wusste längst nicht mehr, was er glauben sollte. »Einer unserer Erstkunden und das Mädchen von neulich sind aber definitiv tot.«

»Aber niemals durch Paradise! Das steht doch vollkommen außer Frage. Angenommen, unser Nasenspray hätte auch nur im entferntesten mit den beiden Todesfällen in Verbindung gestanden. Was glaubst du, wie schnell uns unser in der Tat noch nicht ganz blinde Polizeiapparat auf die Fährte gekommen wäre.«

Josef zuckte merklich zusammen. Er suchte im Blickkontakt seinen einstigen Helfer und Vertrauten – und sah sich mit einer vollkommen fremden Person konfrontiert. Ein Mensch, der sich zu einer Personifizierung des Hochmuts entwickelt hatte. Und dessen Augen eisig kalt und ohne jedes Gefühl waren.

»Hoppla. Da gibt es wohl noch etwas, das ich wissen sollte, wie mir scheint.«

»Nein, nichts«, stieß er um einen Deut zu schnell hervor.

»Ach?«

»Außer vielleicht, dass es trotzdem so gut wie vorbei ist. Wegen der Vorräte. Die sind nicht unerschöpflich – und ich komme bald sowieso an keine mehr heran.«

»Was redest du da bloß wieder für einen Unsinn? Meinst du, ich habe vergessen, dass unser Pflänzchen die Basis für ein streng geheimes Forschungsprojekt bildet? Und das heißt, bevor das Projekt nicht abgeschlossen ist, wird man weder das Personal austauschen noch den Standort ändern, das Risiko eines Misserfolges oder auch nur einer entscheidenden Verzögerung wäre viel zu groß. Was also gibt dir den Anlass für deine Sorge? Im Moment ist doch alles in schönster Ordnung – vorausgesetzt allerdings, dass dem lieben Josef nicht mehr der geringste Fehler unterläuft!«

Josef – der biblische Name, einst als treffende Allegorie für den Überbringer von Paradise empfunden. Jetzt kam es ihm vor wie blasphemischer Frevel. Jetzt, da er erkennen musste, dass er nichts weniger war als ein Heilsbringer, sondern nur ein kleiner Dealer, gefangen in einem Treibsand aus Gier und Verrat, der ihn mit aller Gewalt nach unten zog. Und aus dem es scheinbar kein Entrinnen mehr gab.

»Angst ist ein schlechter Begleiter, mein Junge.«

Die Stimme klang nun wieder warm und voller Zuversicht, doch glaubte er, einen lauernden Unterton herauszuhören. »Was die Vorräte betrifft, sollten wir erst mal abwarten. Noch pressiert's nicht. Beim letzten Mal wurde glücklicherweise ordentlich aufgefüllt ... Vielleicht sollten wir sicherheitshalber aber trotzdem vorbeugen – und baldmöglichst mit einer eigenen Zucht beginnen – aber klar, Mensch! Das hätten wir längst tun sollen!«

»Was? Aber ...«

»Keine Panik, mein Sohn. Alles, was ich dazu brauche, sind die Labordaten. Und ein paar Ableger. Sie werden doch einige Tage außerhalb überleben?«

»Ja, das schon, aber ...«

»Gut. Wenn wir den Kundenzuwachs entsprechend kontrollieren und du vor allem endlich einsiehst, dass es nicht zwingend nötig ist, die Sprays stets korrekt bis oben hin zu füllen, dürften die Vorräte bis Ende Februar reichen. Das ist zwar knapp bemessen, bei optimalen Bedingungen müsste die Neuzucht bis dahin aber gediehen sein. Richtig?«

Er nickte. Wie in Trance.

»Großartig. Auf in die nächste Runde! Nichts kann uns jetzt noch aufhalten, gar keine Frage, spätestens nächste Woche präsentiere ich Ihnen Ihr neues Paradise-Labor, Herr Doktor.«

Vor Gregor Martens' blassblauen Augen flimmerte es, die Manifestation eines Leichenhügels in seinem Kopf: Erst Julia, dann Tobias, fünf der Testpersonen – und Andrea?

21

»Wallstreet Coffee« stand in riesigem Schriftzug über der breiten Fensterfront. Vom Präsidium aus war die Kaffeebar am Platz der Republik, Ecke Mainzer Landstraße, mit ein paar Schritten zu Fuß erreichbar. Devcon leerte seinen obligatorischen Espresso in einem Zug. Kartan gähnte ausgiebig, den Börsenticker auf dem TV-Plasmabildschirm im müden Blick. Das Schlafkonto beider Kommissare stand wieder einmal gehörig im Minus.

Sie hatten gestern erst Feierabend gemacht, als Gregor Martens nach seinem Aufenthalt im Szeneclub *be my dream* in seine Wohnung zurückgekehrt war. Diese Meldung hatten sie gegen ein Uhr nachts erhalten – zeitgleich mit einem dringenden Anruf auf Devcons Diensthandy: Es gab einen weiteren Toten, in den erstarrten Fingern das Nasenspray mit dem regenbogenfarbenen Aufdruck. Sandra Berger, die zunächst nicht vernehmungsfähige Ehefrau, hatte später im Beisein einer Freundin zu Protokoll gegeben, dass sie das Fläschchen zuvor nie gesehen habe, und die Untersuchung ihrer Person, die nicht zuletzt zu ihrer eigenen Sicherheit hatte durchgeführt werden sollen, kategorisch abgelehnt.

Devcon nippte an seinem zweiten Espresso und starrte eine junge Frau im sandfarbenen Businesskostüm an, die draußen vor der Fensterfront stand. Scheinbar ins Gespräch mit ihrem Begleiter vertieft, lächelte sie ihm zu, was er irritiert zur Kenntnis nahm. Seine Aufmerksamkeit hatte nicht ihr als Person, sondern der Tatsache gegolten, dass sie bereits ihre zweite Zigarette rauchte – und auch noch eine dieser extralangen Sorte.

Kartan beobachtete gedankenverloren das Blasenspiel des Milchschaums auf seinem Latte macchiato grande, wurde aber von Ravels Bolero unterbrochen, der aktuellen Rufmelodie seines Mobiltelefons. »Ja, das ist öde. Bringt eine Observation aber nun mal so mit sich.« Vor knapp einer Stunde war die Zielperson zum Klinikum geradelt und seither nicht mehr aus Gebäude 25A herausgekommen. »Ihr wisst, dass ihr von uns keinen Auftrag ohne triftigen Grund bekommt. Bis auf Weiteres wollen wir über jede noch so banale Aktion unterrichtet werden. Daran hat sich nichts geändert. Ende der Durchsage.«

»Also gut. Es bleibt dabei. Heute Abend geht jemand rein«, sagte Devcon und schlug mit der Faust auf den blitzblanken Tisch.

»Und wen willst du dafür abkommandieren? Grafert und Rodriguez stehen nach der gesetzlich einzuhaltenden Mindestruhephase erst morgen früh wieder zur Verfügung. Und die anderen Typen unserer SOKO würden ein wenig seltsam in so einem Szeneclub anmuten, findest du nicht? Allein schon wegen ihres Alters. Ich sehe da massive Probleme in der Rubrik *Tarnung* auf uns zukommen ...«

»Warum musst du auch ausnahmslos jede gottverdammte Spelunke in dieser Gegend unsicher machen!«

»Sorry.« Kartan selbst konnte sich im *be my dream* nicht sehen lassen, er war zwar nur einmal dort gewesen, vor gut einem halben Jahr. Die obligatorische weibliche Bekanntschaft hatte er aber ausgerechnet mit einer der Bediensteten geschlossen.

»Und du bist sicher, dass du Martens damals nicht doch schon da gesehen hast?«

Kartan musterte Devcon mit einem genauen Blick – um dessen Verzweiflungsgrad möglichst exakt zu bestimmen. »Wie oft willst du mich das eigentlich noch fragen? Nein, wirklich, daran könnte ich mich bestimmt erinnern, so einer wie der wäre mir doch gleich vorne an der Saft-Bar aufgefallen ...«

»Hast du schon mit Den Haag telefoniert? Wissen die was von Paradise?«

»War auch ein totaler Flop. Achim schwelgte zwar gleich in den schlüpfrigsten Visionen, wollte sich gleich als Testperson zur Verfügung stellen. Und die Reaktion wäre sicher anders ausgefallen, wenn sie da schon mal was von den Todesfällen gehört hätten.« Kartans ehemaliger Kumpel aus der Fachhochschulzeit war bei EUROPOL in Den Haag stationiert. Devcon hatte die Nachfrage »auf dem kurzen Dienstweg« angeregt. Vorher hatte er natürlich seine Ansprechpartner beim BKA – der deutschen Verbindungsstelle zu EUROPOL – gebeten, die dort eventuell abgespeicherten

Daten über Paradise abzurufen. Doch auf eine Antwort wartete er immer noch.

»Well. Passt alles perfekt ins Schema. Man setzt uns unter Hochdruck und lässt uns dann keine Chance, der Sache richtig auf den Grund zu gehen.« Er starrte wieder zu der Raucherin auf der Straße hin. Sie war im Begriff, sich von ihrem Begleiter zu verabschieden, nachdem sie einen winzigen Zigarettenstummel zu Boden geworfen hatte.

»Ich finde, wir sollten unbedingt noch mal über deine mysteriöse Informantin nachdenken. Denn nach wie vor interessiere ich mich brennend für ihre Rolle in diesem merkwürdigen Spiel«, hörte er Kartan sagen. »Nur, weil sie dich freiwillig kontaktiert hat, heißt das nicht, dass sie über jeden Verdacht erhaben ist. Im Gegenteil, könnte doch auch eine Finte gewesen sein. Mir wäre jedenfalls bedeutend wohler, wenn wir uns einen Einblick darüber verschaffen könnten, was in dieser angeblichen Heilpflanzen-Zuchtstation so alles abläuft.«

»Und wie willst du das anstellen?«

»Kleine Kamera?«

»Voraussetzung für das Funktionieren jeder noch so kleinen Kamera ist ihre vorherige ordnungsgemäße Installation, richtig? Und dazu benötigen wir eine Genehmigung, aber die kriegen wir für diese Observation mit Sicherheit nicht.«

»Aber du musst doch nicht jeden unserer Schritte in den Akten vermerken! Lass uns den Rand der Legalität ruhig mal ein wenig überschreiten, wenn es der Sache dient - bei solchen Dienstanweisungen natürlich, ohne Spuren zu hinterlassen, klar. Denn das hat ja unserem alten Daschner das Genick gebrochen, wie du sicher noch weißt.«

»Auch an den Vorschriften vorbei haben wir nicht die Möglichkeit dazu. Wie soll das gehen? Glaubst du, die lassen da irgendjemanden durch, von mir aus in Technikerverkleidung, und ihn dann unbehelligt in ihrer geheiligten Halle rumfummeln?«

»Verdammt noch mal, wir haben drei Leichen in vierzehn Tagen! Wenn uns nicht bald ein Durchbruch in den Ermittlungen gelingt ... Du weißt, was das bedeutet. Selbst wenn das BKA noch einen Augenblick stillhält, wird uns die Presse auf jeden Fall den Garaus machen. Wir müssen einfach mehr Initiative zeigen, offensiv in alle Richtungen sein, damit sie sehen, es bewegt sich was, auch wenn wir nur operative Hektik verbreiten.«

»Falls meine Informantin die Wahrheit gesagt hat, könnte es sein, dass wir die Verlegung der Zuchtstätte geradezu herausfordern, wenn wir nicht Distanz wahren. Und dann wird der illegale Handel mit Paradise vielleicht an einem anderen Ort weitere Todesopfer fordern. Wem soll das helfen?«

»Nichtsdestotrotz basiert diese Besorgnis ausschließlich auf der Aussage der Unbekannten – die meiner bescheidenen Meinung nach eben nicht unbedingt die Wahrheit gesagt haben muss. Und du vertraust doch sonst auch nicht einfach blind irgendwelchen wildfremden Personen. Hatte die Frau vielleicht etwas ganz Besonderes an sich ...«

»Woher soll ich das wissen? Ich habe ja kaum etwas von ihr sehen können! Und jetzt hör auf mit dem Quatsch. Lass uns lieber alles noch einmal durchspielen. Also: Angenommen, sie steckt in dem illegalen Handel mit drin. Warum hätte sie dann mit mir sprechen sollen?«

»Um von sich abzulenken.«

»Aber wie hätten wir denn jemals zu ihr stoßen können, bei all ihrer Geheimniskrämerei? Und so war sie nun sogar gezwungen, den Schleier über diesem Forschungsprojekt zumindest ein wenig zu lüften.«

»Ja, damit magst du wohl Recht haben.« Kartan rührte eine Weile in dem fast leeren Kaffeeglas herum. »Aber vielleicht ist sie ja auch geschickt worden.«

»Von wem? Wer soll ein Interesse daran haben, der lokalen Polizei Einblick in diesen auf internationaler Ebene gärenden Mist zu geben? Das geheimnisvolle SORE-Konsortium wohl kaum.«

»Und das BKA? Was ist, wenn die dieses Treffen angeregt haben?«

»Dass ich nicht lache! Und wieso hat mir Losard dann nicht gleich reinen Wein eingeschenkt?«

»Auch wieder wahr. Auf der anderen Seite – der Kontakt mit der Frau war alles andere als offiziell. Das heißt wiederum, die etwaige BKA-Person könnte das Treffen ebenfalls nicht unbedingt offiziell veranlasst haben.«

Devcon runzelte die Stirn – er erinnerte sich gerade an etwas, was seine Informantin gesagt hatte: *Man hat mich zwar vor Ihrem gelegentlich etwas überschäumenden Temperament gewarnt ....* Hörbar stieß er die Luft aus. »Falls dem tatsächlich so ist – wer immer es auch gewesen sein mag, die betreffende Person wird uns wohl kaum aus freien Stücken darüber in Kenntnis setzen, sonst hätte sie sich ja sofort dazwischenschalten können.«

»Stimmt. Und für wildes Rätselraten fehlt uns definitiv die Zeit. Richten wir unsere Aufmerksamkeit also wieder auf unseren scheuen Naturfreund Martens. Was den wohl in so einen Nobelclub treibt. Wenn ich mich recht entsinne, gibt es da noch nicht mal echte Pflanzen.« Devcon zog eine Grimasse.

Nach Gregor Martens' gestrigem Besuch im *be my dream* hatten sie eine diskrete Clubüberprüfung vorgenommen und waren auf eine Merkwürdigkeit gestoßen: Zur Cluberöffnung war eine beträchtliche Geldsumme als Bargeldeinlage eingebracht worden, deren Herkunft sich nicht ohne Weiteres zurückverfolgen ließ. Die Clubeigentümerin, die 29-jährige Vera Rothmann, stammte aus Kiew. Sie hatte ihren Lebensunterhalt zuvor als Sprechstundenhilfe verdient. Rückfragen bei der Zentrale für Arbeitsvermittlung hatten ergeben, dass die deutsche Botschaft ihr vor fünf Jahren ein Visum für zwölf Monate ausgestellt hatte – eine Ausnahmegenehmigung. Warum sie die erhalten hatte, ging aus der Akte nicht hervor. Und inzwischen besaß sie die deutsche Staatsangehörigkeit, da sie vor vier Jahren den 58-jährigen Frührentner Eberhard Rothmann geheiratet hatte.

»Komm los, Abmarsch. Hier drin werden wir wohl kaum den passenden Schlüssel zum Tor der Wahrheit finden.« Devcon schlug den Kragen seiner Lederjacke hoch und trat nach draußen, gefolgt von Kartan, der seinen Mantel zuknöpfte. Die Temperatur lag bei fünf Grad, bei hoher Luftfeuchte und beißendem Wind. Die Autolawine kroch im Schritttempo in Richtung Innenstadt an ihnen vorbei: Das Weihnachtsgeschäft schien langsam in Gang zu kommen.

»Ah, da bist du ja wieder, gut, denn es gibt Neues in Sachen Ukraine«, rief Tatjana Kartan, als ihr Bruder die Bürotür öffnete. »Ruf mal den Boss ran, der will das bestimmt auch hören.«

»Nicht nötig, ich bin schon da.« Gegen den Türrahmen gelehnt, beobachtete Devcon die Röte, die sich in ihrem Gesicht ausbreitete.

»... okay ...« Mit fahrigen Bewegungen zog sie einen Notizzettel vor und fegte dabei eine angebrochene Tüte Lakritz vom Schreibtisch. »Man stelle sich vor, ich hab tatsächlich endlich jemanden bei der deutschen Botschaft in Kiew erreicht. Die hatten 'ne interne Akte über sie angelegt, weil sie doch hierher wollte«, fuhr sie unter den Tisch krabbelnd fort. Devcon registrierte das übergroße Label auf ihrer künstlich auf alt getrimmten Jeans. Der Markenname lautete «Youth Against Labels«.

»Und?«, fragte er, nachdem sie wieder auf ihrem Stuhl angelangt war.

»Ich war sehr nett zu dem Mann mit dem sächsischen Akzent, deshalb hat er mir – ganz im Vertrauen natürlich – so einiges erzählt. War recht aufschlussreich, die Dame scheint wohl doch ein paar ganz herausragende Qualitäten zu haben. Ein unbeschriebenes Blatt ist die jedenfalls nicht.«

Michael Kartan schaute sie neugierig an, während sie die Lakritztüte umständlich zusammenfaltete und auf einen Aktenberg warf – woraufhin sich das Plastik erneut auseinanderrollte. Sie quittierte es mit einem Stirnrunzeln.

»Was ist, warten wir noch auf Godot, oder gedenkst du jetzt endlich zum Punkt zu kommen?«

Irritiert sah sie Devcon an. »Also, von mir aus kann's losgehen. Vera Rothmann, geborene Jakschwenk – Jatschenk – ach egal, war jahrelang in so einer Art Edel-Etablissement beschäftigt. Mitten in der Hauptstadt. Und laut dem freundlichen Herrn mit dem Sachsenakzent nicht bloß hinter der Theke.«

»Gab's auch Drogengeschichten?«

»Nichts dergleichen bekannt. Wie gesagt, es war auch nicht irgend so ein Puff. Laut dem Botschaftsangehörigen vermitteln sie dort eher auf Callgirl-Ebene und ausschließlich für höher gestellte Herrschaften wie Minister, Vorstände und ...«

»Betriebsräte«, ergänzte Michael Kartan. »Jetzt würde mich aber verdammt interessieren, in was für einer Praxis sie dann in Deutschland gearbeitet hat.«

»Was ist mit dem Arbeitgeber? Gibt's da irgendwas Auffälliges?«, fragte Devcon.

»Kann ich nicht finden. Der Mann war Gesprächstherapeut, einmal geschieden, lebt jetzt allein, keine Kinder. Typischer Fall von Karrierehecht, würde ich mal sagen. Ist derzeit als selbständiger Unternehmer für Personalberatung gemeldet. Hält Motivationsseminare ab und so was alles. Wieso auch nicht, einer wie der ist dafür bestimmt top geeignet.«

Er nickte flüchtig. »Und was ist mit SORE? Hast du da noch etwas Nennenswertes herausbekommen?«

»Oh, ja – SORE! Auch nicht gerade unspektakulär, was es da für uns so Neues gibt. Also. Offizieller Geschäftsführer war ein gewisser Robert Crane junior, seines Zeichens College-Student ...«

Michael Kartan fielen fast die Pupillen raus: »Sagtest du College-Student?«

»Sagte ich, ja. Süße einundzwanzig und seit gestern vor allem tot!«

»Tot«, wiederholte er mit gedehnter Stimme.

»Todesursache?«, fragte Devcon.

»Offiziell, Herzversagen.«

»Offiziell Herzversagen nach Genuss eines gewissen Nasensprays. So müsste die vollständige Diagnose lauten, schätze ich mal«, rief Michael Kartan.

»Spielt im Moment aber keine Rolle, ob wir das genau wissen oder nicht, gehen wir also einfach mal davon aus.« Devcon wandte sich wieder an Tatjana. »Wer tritt das Erbe an, beziehungsweise wer ist erbberechtigt?«

»Dazu gibt's noch keine offizielle Auskunft, die *Regelungen* wegen des völlig überraschenden Todesfalles würden noch laufen ...«

»So kann man es auch ausdrücken.« In Devcons Schnauben lag Verachtung pur. »Und ich wette, mit diesen Regelungen lässt man sich bei SORE alle Zeit der Welt.«

»Nicht zu fassen. Kaum haben wir eine ernsthafte Spur, und – schwupp! – schon ist es die einer Leiche.« Michael Kartan packte sich an die Stirn und schüttelte den Kopf. »Bei diesem Fall scheint uns das Pech wirklich an den Hacken zu kleben!« Dann senkte er die Stimme: »Hat Meister Eddie inzwischen wenigstens irgendwas Interessantes auf Martens' Computer gefunden?«

»Du wirst es nicht glauben, Bruderherz, aber selbst da geht bis jetzt rein gar nichts.« Auch Tatjana sprach nun etwas leiser. »Er ist noch nicht einmal drin. Bei Privatnutzern wechseln doch ständig die IP-Adressen. Und Martens ist nie lange genug online, damit seine jeweils zugehörige IP-Adresse identifiziert werden kann.«

»Wundert mich nicht, denn dank der subtilen Taktik unseres Kriminalmagiers aus Übersee«, Michael Kartan deutete lapidar auf Devcon, »ist er ja auch gewarnt.«

»Das ist natürlich schlecht – na ja, das heißt – jedenfalls kann auch der genialste Hacker nichts ausrichten, wenn die Verbindung dauernd abreißt. In seiner Not probiert es Eddie jetzt also erst mal mit Social Hacking.«

»Social Hacking? Ach, du lieber Gott, Schwesterchen! Du meinst, er versucht Martens zum Öffnen irgendeines manipulierten E-Mail-Anhangs zu bewegen? In dem Fall pure Zeitverschwendung!«

»Glaub ich, ehrlich gesagt, auch. Dass es E-Mails mit bösartigen Programmen im Anhang gibt, die angeblich von der GEZ, einem Internet-Provider oder sogar vom BKA stammen, ist mittlerweile einfach zu bekannt.«

»Wobei die gesamte Thematik hier nicht von Belang ist«, sagte Devcon, »da wir gewonnene Erkenntnisse aus dieser inoffiziellen Mission sowieso nicht verwenden könnten.«

»Ist richtig, Boss, aber möglicherweise hätten wir so ja einen wertvollen Hinweis erhalten, um wenigstens eine Richtung festlegen zu können, in die sich unsere weiteren Untersuchungen bewegen müssen. Schade, aber vielleicht klappt es ja doch noch. Im Moment bleiben uns also nur unsere verdeckten Ermittlungen im Club – wenn wir sie denn aufnehmen können.« Michael Kartans Mimik ließ klar erkennen, dass er daran stark zweifelte.

»Und wo ist da das Problem?«, fragte Tatjana.

»Das Problem ist, dass Jim und ich dafür leider ausfallen. Er wegen seiner Aura des Methusalems ...«

»Das Eis kracht schon, mein Lieber!«

»... und weil Martens ihn wiedererkennen würde. Und auch ich würde Gefahr laufen, bei einer Dame – ähem – ein Déjà-vu-Erlebnis hervorzurufen.«

»Ja, ja, unser Hobbyangler.« Tatjana Kartan grinste, wurde aber gleich wieder ernst. »Und wieso überhaupt verdeckte Ermittlungen? Warum nicht gleich eine Razzia? Entweder finden sie dabei das Zeug nebst Dealer oder eben nicht.«

»So kämen wir bestenfalls an Martens, aber nicht zwingend an etwaige Hintermänner«, erwiderte Devcon.

»Die SORE-Mannschaft?«

»Und noch andere, wie ich annehme, aber hauptsächlich geht es um die Leute von SORE, ja. Denn so, wie sich mir die Lage bis jetzt darstellt, wurde Martens aller Voraussicht nach speziell für uns zum Bauernopfer umfunktioniert.«

»Bauernopfer?« Tatjana Kartan zog die Stirn kraus. »Na, ich weiß nicht. Immerhin scheint er doch derjenige zu sein, der dieses Nasenspray illegal herausgibt. Und das macht der sicher nicht zum Nulltarif.«

»Das mag sein. Aber wenn wir ihn allein festsetzen – das heißt, eventuell noch im Verbund mit anderen, dem Forschungsprojekt fernen Komplizen – dann hätten außer ihm alle ihr Ziel erreicht.«

»Muss ich das jetzt auf Anhieb verstehen?«

»Überleg doch mal. Ein einzelnes Forschungsteammitglied ist leicht zu ersetzen. Das Projekt wird an einem anderen Ort fortgesetzt. SORE verbleibt in der Anonymität, und das BKA behält ebenso eine reine Weste, wenn der Fall Paradise damit geschlossen würde.«

»Und was ist mit den Toten aus dieser Horrortestreihe? Wenn das ungeahndet bleibt, könnten sie doch in aller Seelenruhe damit weitermachen!«

»So ist es. Man glaubt aber, ich würde den Köder schlucken, um zu verhindern, dass mir der Fall offiziell entzogen wird.«

»Willkommen im Intriganten-Stadl«, rief Michael Kartan. »Verstehst du jetzt, warum wir verdeckt ermitteln wollen?«

»Ja, allerdings ... He, und wie wäre es, wenn ihr mich das machen lasst? Ich bin zwar noch nicht wirklich eingearbeitet und gehöre auch nicht offiziell zu eurer SOKO, aber von diesem Fall habe ich schon sehr viel mitbekommen. Außerdem falle ich in so einem Club kaum weiter auf, meint ihr nicht auch, und mich kennt man hier bestimmt am wenigsten, oder?«

»Punkt für sie«, murmelte Michael Kartan und beobachtete aus den Augenwinkeln Devcon, der seine Schwester mit gerunzelter Stirn musterte.

Sie erwiderte den Blick mit gehobenen Brauen. »Egal. War nur ein Vorschlag.«

»Also gut, meine Liebe. Dann willkommen an Bord. Aber sei vorsichtig! Wenn du es vermasselst, ist es vorbei. Dann hast du unseren letzten Anhaltspunkt zunichte gemacht. Michael, geh noch mal alles mit ihr durch. Und zwar akribisch! Heute Abend geht es los.«

22

Der Türsteher, ein blonder Hüne, lächelte breit, als Tatjana Kartan in ihren Pumps auf ihn zubalancierte. Das Tragen solcher Schuhe war sie nicht gewohnt, aber sie passten hervorragend zu dem schwarzen Partykleid unter dem Steppmantel. Das leidlich passende Outfit hatte ihr überraschend Kriminalkommissarin Rodriguez zur Verfügung gestellt. Tatjana war ja nur mit kleinem Gepäck nach Frankfurt gekommen. Das Gros ihrer Kleidung lagerte noch in Hamburg. Irgendwann nach den Feiertagen würde sie losfahren und ihre Sachen holen – wenn sichergestellt war, dass Richard Kollberg dann nicht im Haus sein würde.

Sie stakste die Stufen hinab und löste ihr Ticket an der Kasse gleich vorne im Eingangsflur. Dann las sie »Heute Single-Party« am Schwarzen Brett, direkt unter dieser Ankündigung hing ein Infoblatt: Hier war die Bedeutung der beiden Farben für die Buttons erklärt, die in den Metallkästchen auf den Theken zu finden seien: Es gab rote und blaue. Tatjana schüttelte den Kopf und betrat den Clubraum – in dem schon einiges los war. Sie durchquerte den Saal mehrfach, sah sich dabei gründlich um und setzte sich dann an eine der Theken – weit genug weg von drei jungen Männern mit roten Buttons am Revers. Sie bestellte sich einen aus Fruchtsäften gemixten, alkoholfreien Cocktail und wandte den Blick zurück zum Eingang. Abrupt richtete sie sich auf: In einem Pulk von Leuten erspähte sie Gregor Martens. Der unverzüglich in Richtung Chill-Out-Zone verschwand. Ihr frühes Glück kaum fassend, stand sie auf und wollte ihm folgen – doch er war sogleich wie vom Erdboden verschluckt. Fast eine Stunde lang durchforstete sie den Club nach einem festen Suchschema. Wieder und wieder. In einem immer schwieriger werdenden Parcours durch den stetig anschwellenden Besucherstrom. Keine Spur von dem jungen Mann, den sie meinte, gesehen zu haben.

Resigniert ließ sie sich auf dem Rand des Beckens nieder, in das der in Regenbogenfarben angestrahlte Wasserfall hinunterfiel. Ein paar große bunte Fische bewegten sich träge durch das Wasser. Tatjana lockte sie heran – es waren Koi, in Japan ein Symbol für Glück und Erfolg. Zwei junge Männer näherten sich langsam, würdigten sie aber keines Blickes. Sie beugten sich zum Beckenrand hinab, griffen nach einem Metallkästchen – gleiches Modell wie die auf den Theken – zogen zwei Buttons heraus, hefteten sie gut sichtbar an die Jackenrevers – und warteten. Kurz darauf tauchte ihre Zielperson auf, in einem schlecht sitzenden dunkelblauen Zweireiher, und sprach die beiden Männer an. Tatjana sprang auf, schnappte sich einen der Buttons aus dem Kästchen – der vorletzte und wie alle anderen zuvor in Regenbogenfarben – und gesellte sich dazu. Martens registrierte es ohne erkennbare Regung, nahm das Kästchen und geleitete sie mit den beiden anderen durch die Menge, beobachtet von einem Mann mit vollem silbergrauen Haar.

Martens öffnete die in das Wanddesign eingelassene Tür. Tatjana Kartan blieb abwartend stehen, während sie erneut den Mann mit dem silbergrauen Haar bemerkte, der sie unverhohlen musterte und in der Menge verschwand, als sich ihre Blicke trafen.

»Hallo – komm bitte rein und schließ die Tür«, hörte sie Martens rufen.

Sie gehorchte.

»Weshalb trägst du den Button?«

»Schon mal was von Paradise gehört?«

Er nickte langsam. »Alles klar. Woher weißt du davon?«

»Von 'ner Freundin.«

»Und woher weiß sie es?«

»Sag mal, ist das hier'n Verhör, oder was?«

»Schon gut, aber man kann nie vorsichtig genug sein. Ihr wisst also alle Bescheid, worum genau es hier geht?«

Sie nickte brav, wie alle anderen Interessenten im Raum, insgesamt neun Personen.

»Gut, es läuft folgendermaßen. Ihr gebt mir eure Adresse, wir vereinbaren einen Liefertermin, und ihr erhaltet die Ware gegen einen bei der Übergabe in bar zu entrichtenden Betrag in Höhe von tausend Euro.«

»Tausend? Ich denke fünfhundert«, rief eine Frau in einem tief dekolletierten Armani-Hosenanzug.

»Es steht euch frei, zu gehen«, erwiderte Martens, und Tatjana meinte, in seinen Augen ein leichtes Flehen zu erkennen, diesem Angebot auch nachzukommen.

»Gibt es wenigstens vorher eine Gratisprobe, bei dem Preis?«, fragte die Frau im Armani-Anzug.

»Nein.«

»Gut, dann war's das für mich.« Ohne die anderen Anwesenden eines weiteren Blickes zu würdigen, verließ sie den Raum, gefolgt von einer ebenfalls in teuren Zwirn gehüllten, jüngeren Frau.

Gregor Martens ließ die daraufhin einkehrende Stille wirken – in der Hoffnung, die anderen würden dem Beispiel folgen, wie Tatjana annahm. Doch nichts dergleichen geschah. Martens räusperte sich mehrfach, bevor er fortfuhr. »Wichtig ist, dass ihr die Anweisungen, die ich euch bei der Übergabe gebe, zu hundert Prozent befolgt. Ansonsten kann es sehr gefährlich werden.«

»So? Für wen? Meinen Verflossenen? Der macht auch so schon seit längerem keinen Stich mehr«, erwiderte sie lächelnd, und die beiden jungen Männer, mit denen sie hergeführt worden war, grinsten sich vielsagend an.

»Wie kommt man später eigentlich an Nachschub?«, wollte einer der beiden wissen.

»Blöde Frage«, erwiderte der andere. »Du kommst wieder her, was sonst?«

»Nein, das geht ausschließlich über einen E-Mail-Kontakt, den ihr von mir bei der Übergabe erhalten werdet. Hier im Club ist die Ware weder vorrätig noch zu irgendeiner Zeit nachzubestellen. Wem das zu kompliziert ist ...«

»... kann gehen«, vollendete Tatjana.

»Fangen wir mit dir an«, sagte Martens zu ihr. »Du bist hier aus Frankfurt?«

»Äh – nein. Nur zu Besuch.«

»Tut mir leid, dann geht es nicht. Ich liefere nur in Frankfurt.«

»Ohne Ausnahme?«, fragte ein Mann in mittleren Jahren und mit einem starken Kölner Akzent.

»Ohne Ausnahme.«

Der Mann zuckte die Schultern und ging.

»Aber meine Freundin ist doch von hier«, versuchte sie es erneut.

»Ich mache prinzipiell auch keine Übergabe an Dritte.«

»Wieso an Dritte, ich bin doch gerade selbst da, oder nicht?«

»Dann gib mir ihre Adresse.«

»Und warum bringst du es mir nicht ins Hotel?«

Er sah sie irritiert an.

»Ich wohne nicht bei ihr. Hab ein Seminar von meiner Firma aus. Außerdem muss sie nicht mitbekommen, dass ich das Zeug kaufe. Weil ihres in Kürze leer sein wird. Kapiert?« Sie zwinkerte ihm zu, während sie sich über ihren Oberschenkel strich und ihre Fingernägel in die Strumpfhose krallte. »Huch! Eine Laufmasche. Mist! Bin sofort wieder da, ich geh sie nur schnell zukleben, ja?«

Ohne die Antwort abzuwarten, stürmte sie nach draußen, in Richtung sanitäre Anlagen. Sie hatte Glück, sie war allein, ging aber trotzdem in eine Kabine. Drinnen nahm sie das Handy – ein für Einsätze reservierter Apparat – aus der Minihandtasche und hoffte, dass sie Funkkontakt haben würde. Das Hotel war zwar ein guter Schachzug, aber nicht, wenn man keines aus der Umgegend beim Namen nennen konnte. Die Balken auf dem Display zeigten vollen Empfang. Einen Rufton später hatte sie ihren Bruder in der Leitung.

»Er will es mir ins Hotel liefern, welches soll ich nehmen?«

»Warte, ich übergebe dich an Jimbo, der steht neben mir.«

»Ich habe mitgehört. Bestell ihn in das Hotel am Hauptbahnhof mit der großen Coca-Cola-Leuchtreklame an der vorderen Hausfront. Das ist nicht zu verfehlen. Und nimm eine möglichst späte Uhrzeit. Dann ist nicht mehr so viel los, und wir können den Zugriff ohne größeren Truppenaufmarsch über die Bühne bringen.«

»Okay.«

Tatjana Kartan deaktivierte das Handy und steckte es in die Tasche zurück. Draußen im Flur gab sie der Toilettenfrau eine Münze, bevor sie in den Club zurückging, in das geheime Hinterzimmer, und den Termin vereinbarte.

23

»Sorry Jim, aber diesmal verstehe ich dich wirklich nicht.« Mit einem Ruck beugte sich Michael Kartan auf seinem Stuhl nach vorn. »Seit letzter Nacht steht es vollkommen außer Frage, dass unser Naturfreund weitgehend solo operiert. Und was die Örtlichkeit betrifft, passt das für mich exzellent zusammen. Das alte Lied. Im *Hades* war's Ecstasy, die Partypille für die Jugend, hier ist es eben Paradise, das neue Spielzeug für Reiche. Der noble Umbau des Clubs täuscht, auch hier bewährt sich der altbekannte Lehrsatz: Einmal Drogenhöhle immer Drogenhöhle. Also was, um alles in der Welt, hält dich davon ab, den Pflanzenmann sofort verhaften zu lassen?«

Devcon saß zurückgelehnt im Sessel, die Füße auf dem Schreibtisch, und schwieg. Es war drei Uhr nachmittags. Der letzte Rapport des Beobachtungspostens – die Zielperson war mit ihren Supermarkteinkäufen in die Alt-Sachsenhausener Wohnung zurückgekehrt – lag eine knappe Stunde zurück.

»Ich kapier's nicht! Ehrlich! Uns läuft die Zeit weg, und du weißt, dass sich ein Fallentzug nie gut in der Personalakte macht. Ganz gleich durch wen oder was initiiert.«

Devcons Augenbraue schoss in die Höhe.

»Was ist los, Tatjana hat doch voll und ganz bestätigt, dass wir es im Fall Paradise mit einem gewöhnlichen Kleinkriminellen zu tun haben, und zwar unabhängig von irgendeinem Forschungsprojekt. Allein die Wahl seines Tarnnamens spricht für mich Bände. Josef.« Michael Kartan schnaubte verächtlich. »Völlig ohne Pep. Mir wäre bei so einem Mittelchen bestimmt was Besseres eingefallen. Etwas, das mehr zündet, wie zum Beispiel ...«

»Casanova?«

Er warf seiner Schwester – sie saß neben ihm auf dem anderen Besucherstuhl – einen beleidigten Blick zu und wandte sich wieder an Devcon. Der sich nicht im Geringsten bemühte, sein Grinsen zu verbergen. »Okay Jim, hier mein Vorschlag. Greifen wir zu, wenn er mit den Nasensprays in der Tasche ankommt. Das ist genug, um ihn bis auf Weiteres erst einmal festzusetzen. Gleich am Montag früh filzen wir seine Bude, es wird dann ja kein Problem mehr sein, dafür einen Durchsuchungsbeschluss zu bekommen. Und wenn er nicht schon vorher gesungen hat, kommen wir – falls es sie tatsächlich gibt! – spätestens über die Beschlagnahme seines Rechners auch an deine Drahtzieher.«

»Die im ungünstigsten Fall unseren Zugriff verfolgen und über alle Berge sind, bevor wir mit dem Verhör überhaupt angefangen haben. Und unsere anonyme Dame hat ihr Spiel dann ebenfalls gewonnen, da sie das Forschungsprojekt von Recht und Gesetz unbehelligt und nach ihrem Gutdünken fortführen kann. Zur großen Freude der Herrschaften von SORE.«

Michael Kartan ließ sich gegen die knarrende Stuhllehne fallen. »Und was soll die Beobachtung der Übergabe bringen? Er geht rein, gibt ihr das Nasenspray und geht wieder raus. Wenn wir Glück haben, nimmt er dann noch weitere Termine wahr, und wir lernen immerhin ein paar seiner Abnehmer kennen. Kassieren wir ihn aber gleich, haben wir vielleicht auch sofort die gesamte Kundenliste.«

»Falls er den Verkauf allein managt. Was ich mir beim besten Willen nicht mehr vorstellen kann, nachdem ich von dem grauhaarigen Herrn gehört habe, der vielleicht im Hintergrund mitwirkt.«

»Schwesterchen, dann hilf du mir! Dieser besagte grauhaarige Herr im Hintergrund – stand er deiner Meinung nach zweifelsfrei in irgendeiner Relation zu Martens? Oder ist er dir nur deshalb aufgefallen, weil er vielleicht scharf auf dich war?«

»Mann! Meinst du, ich hatte bei der ganzen Aktion ernsthaft den Nerv, so nebenbei auch noch meinen Marktwert zu testen?«

»Gut, ich formuliere die Frage anders. Glaubst du nach der gestrigen Nacht etwa auch noch an irgend so ein ominöses Untergrundsyndikat?«

»Ganz ehrlich?«

»Bitte«, erwiderte Devcon, seinen Blick unverwandt auf sie gerichtet.

»Also, ich verstehe nicht, was das alles überhaupt soll. Und zwar wegen der seltsamen Verkaufsstrategie. Mal abgesehen davon, dass Martens erkennbar kein großes Interesse daran zeigt, sein Nasenspray auch tatsächlich an den Mann zu bringen – für tausend Euro das Stück, das muss man sich mal vorstellen! Dieser Preis ist doch wohl absolut abschreckend ...«

»Du vergisst, dass er dank Jimbos ausgefeilter – äh – Überrumpelungsstrategie weiß, dass wir ihm bereits auf den Fersen sind. Insofern finde zumindest ich es enorm mutig bis dreist, dass er seine Dealerei überhaupt noch wagt.«

»Oder wagen muss«, ergänzte Devcon.

»Aber was ich bei dem Ganzen am allerwenigsten verstehe«, fuhr sie fort, »wenn das Nasenspray wirklich so eine umwerfende Wirkung hätte, dann müsste es doch eigentlich ein Megaknüller sein, oder? Das heißt, zu einem annehmbaren Preis hätte es sich durch ein halbwegs gut organisiertes Netzwerk in kürzester Zeit geradezu virusartig verbreiten lassen müssen. Das ist aber nicht passiert. Sonst wären mit Sicherheit mehr Tote mit Spray aufgetaucht. Und soviel Einfluss hat weder das BKA noch irgendeine andere Stelle, beim Bemühen, die mächtige Pharmaindustrie zu schützen, etliche Leichen einfach so unter den Teppich zu kehren.«

»Eben! Tut mir leid, Jim, aber diesmal siehst du eindeutig Gespenster. Meiner Meinung nach bist du viel zu sehr auf die Geschichte deiner vermeintlichen Informantin fixiert. Wer weiß, ob ihre merkwürdige Geschichte überhaupt stimmt. Ich hab da nicht erst seit gestern ernsthafte Zweifel, wie du weißt. Was ist, wenn es in Wahrheit gar kein geheimes Forschungsprojekt gibt? Das würde in der Tat erklären, wieso es keinerlei Aufzeichnungen darüber gibt. Nirgends.«

»Aber die SORE Ltd ...«

»Gibt es tatsächlich, ja! Aber aus den Geschäftsberichten geht nicht hervor, dass sie da irgendetwas mit der Entwicklung einer Luxusdroge zu tun haben.«

»Aber das Forschungsergebnis in Form dieses spektakulären Nasensprays gibt es zweifellos!«

»Spektakulär? Wieso? Hast du es selbst probiert? Nein! Ich auch nicht. Unsere Laboranalysen des Stoffs klangen recht vielversprechend, ja, aber doch nicht unbedingt euphorisch.«

»Weil die Untersuchungen allem Anschein nach vorzeitig abgebrochen wurden!«

»Allem Anschein nach. Du sagst es ja selbst! Und Fakt ist, dass wir bisher nur gegen Martens einen eindeutigen Beweis in der Hand haben, richtig? Folglich könnte das Nasenspray durchaus auch sein eigenes, wie auch immer verpanschtes Werk sein. Bei dem die Dame dann selbst in irgendeiner Form mit drinsteckt. Und die uns auf seine Fährte gelotst hat, weil sie sich gestritten haben, oder weil sie ihn loswerden will, warum auch immer. Überleg doch mal, deine ganze Theorie steht und fällt einzig und allein mit der nicht überprüfbaren Glaubwürdigkeit dieser Frau.«

Devcon tippte die Fingerspitzen gegeneinander. »Das ist die Achillesferse dabei, ich weiß.«

Michael Kartan beugte sich wieder vor. »Und du beharrst trotzdem darauf, die geplante Veranstaltung heute Abend durchzuziehen, ohne ihn direkt bei seinem Erscheinen hopszunehmen? Kannst du mir bitte wenigstens mal im Ansatz erklären, was du dir davon versprichst?«

»Noch haben wir ein bisschen Zeit, und Martens allein können wir auch nach der Übergabe praktisch jederzeit kassieren, richtig? Insofern können wir uns die kurze Frist zur Beobachtung des Ganzen durchaus noch erlauben.«

»Aber wozu?« Michael Kartan warf die Hände in die Luft.

»Ganz einfach. Für den Fall, dass ich doch richtig liege – glaubt mir, ich habe es mittlerweile wirklich mehr als gründlich satt, dass bei Straftaten auf globaler Ebene immer nur die kleinen Fische an Land gezogen werden. Deshalb möchte ich, dass wir das Spiel zunächst wie geplant weiterlaufen lassen. Möglicherweise ergeben sich dabei weitere Anhaltspunkte, um die ganz großen Tiere packen zu können. – Und vor allem auch ihre willigen Vollstrecker«, ergänzte er grimmig, beim Gedanken an seine Informantin.

»Gut, du hast die Einsatzleitung.«

»Und trage damit auch die Verantwortung für alles, was dabei passiert«, vollendete Devcon mit einem nachdenklichen Blick auf Tatjana Kartan.

24

Gregor Martens saß am Schreibtisch in seiner Wohnung und starrte auf den vergilbten Monitor. Die digitale Uhr am unteren Bildschirmrand zeigte 21:35 Uhr an. Er würde bald losfahren müssen.

An den Adventssamstagen seien die Städte zwar besonders voll, sie müsse aber unbedingt Geschenke besorgen. Danach wolle sie sich mit ihrer Freundin auf dem Weihnachtsmarkt treffen, hatte ihm die Frau aus Hamburg erklärt. Mit zehn Uhr wären sie auf der sicheren Seite. Bis dahin sei sie auf jeden Fall ins Hotel zurückgekehrt.

Er stand auf, schleppte sich zur Flurnische, nahm den olivgrünen Parka vom Garderobenhaken und schlich in den Wohnraum zurück, der nur durch den Halogenstrahler der Arbeitslampe beleuchtet wurde. Vor dem Schreibtisch blieb er stehen, beugte sich hinab, zog die Schuhkiste vor, und in ihm sträubte sich alles, als er den Deckel abnahm, eines der Nasensprays ergriff und es in die Jackentasche steckte. Dann trat er in den Hausflur hinaus.

Es würde seine letzte Auslieferung werden, das hatte er sich geschworen. Noch heute Nacht würde er die wichtigsten Sachen zusammenpacken und dann für immer von hier verschwinden.

Tatjana Kartan saß in einem der Sessel in der Hotellobby und blätterte in einer Illustrierten. In der Nähe hatte sich ein Beamter in Zivil niedergelassen, er war in eine Zeitung vertieft. Ein weiterer hatte in der dritten Etage Position bezogen, als Putzmann getarnt, mit einsatzbereitem Handfunkgerät in der Kitteltasche. Hinter der Rezeption hielt sich ein gelangweilt wirkender junger Mann auf. Zur Zeit war nichts los in der kleinen und gut überschaubaren Empfangshalle.

Den Zimmerschlüssel hatte sie bereits abgeholt. Er steckte in der rechten Tasche ihrer signalroten Daunenjacke, zusammen mit einem Portemonnaie, das neben ein wenig Kleingeld die Geldscheine enthielt, deren Seriennummern mehrfach festgehalten worden waren. Ihre Dienstwaffe, eine Walther P1 hielt sie in einem Schulterhalfter unter der Jacke verborgen. Devcon hatte die Bewaffnung angeordnet, unter gleichzeitiger Anweisung, sich nur bei unmittelbarer Todesgefahr an die Schusswaffe zu erinnern. In der linken Jackentasche trug sie ein winziges Aufnahmegerät – falls die Zielperson im Gespräch Hintergrundinformationen preisgeben würde. Was ihr durchaus eingeleuchtet hatte. Im Gegensatz zur Anweisung, eine Schutzweste zu tragen. »Leg eine an, oder du bist raus!« Die 2,4 Kilogramm schweren Westen rangierten in der Hitliste der Reizthemen Devcons weit vorn. Die Anschaffung einer halbwegs ausreichenden Stückzahl hatte er nur mit viel Geduld bei der Kostenstelle durchsetzen können. Nun trug sie die ihres Bruders, die sie erst einmal entstaubt hatte.

Sie schaute auf die Uhr. Fast halb elf. Die gläserne Eingangstür ging auf, und ihre Zielperson trat ein.

»Es geht los«, gab Michael Kartan aus dem ersten Beobachtungswagen durch und drückte Kollege Grafert das Walkie-Talkie in die Hand. »Gib gut darauf acht. Begehrtes Sammlerstück unter Nostalgikern.« Das bundesweit einheitliche BOS-Netz, das den Datenaustausch und die interne Kommunikation der Polizei auf das Niveau privater Handynutzer heben sollte, war immerhin für das Jahr 2010 anvisiert. »Er ist jetzt drin«, übermittelte er mit seinem Handy an Devcon, der den Einsatz vom Präsidium aus koordinierte. Weitere Observationsteams waren vor dem Club sowie dem Wohnsitz der Eigentümerin postiert.

»Gut. Bleibt im Hintergrund und behaltet den Kasten im Auge. Sie wird das schon machen.« Aber die Besorgnis in Devcons Stimme war unüberhörbar.

»Logisch. Allein ihr Familienname bürgt bekanntlich für höchste Qualität.« Kartan hörte ein Schnaufen und registrierte als Nächstes einen kurzen Piepser, der signalisierte, dass der Teilnehmer das Gespräch beendet hatte.

Mit Neukollege Sascha Grafert, der mittlerweile einen regelrechten Hass auf den «blassen Gärtner« hegte, saß er seit knapp einer Stunde in dem dunkelblauen 3er BMW – auf dem vordersten Taxiplatz in der Münchener Straße geparkt. So hatten sie den

Hoteleingang und die Kreuzung an der Baseler Straße perfekt im Visier. Grafert blickte auf seine Sportarmbanduhr, während er aggressiv Kaugummi kaute. Die Aussicht auf eine weitere Nacht im Auto trug nicht zur Hebung seiner Stimmung bei. Die Kollegen, die zur Zeit vor dem Haus in Alt-Sachsenhausen postiert waren, mussten abgelöst werden – wenn bei der Übergabe nicht irgendetwas geschah, was Devcon dazu veranlassen würde, die Observation einzustellen.

Kartan schaute in den Rückspiegel und verfolgte, wie ein dunkler Wagen – er meinte einen Chrysler 300 erkannt zu haben – einige Parkbuchten hinter ihnen abgestellt wurde. Ein Mann stieg aus, ging die Straße hinunter und verschwand aus seinem Blickfeld, als er um die Ecke bog.

25

Das gelbe Sportfahrrad stand auf der gegenüberliegenden Straßenseite. Angekettet an ein Fassadenrenovierungsgerüst in unmittelbarer Nähe des Hoteleingangs.

Na, also. Braver Junge!

Menschen wie Gregor Martens würden es nie begreifen. Das waren hoffnungslose Fälle. Gefangene ihrer schlichten, dualistischen Weltsicht. Für ihn selbst hingegen gab es weder Gut noch Böse. *Das Glück aber ist stets denen hold, die es sich zu nehmen wissen. Wer das nicht begreift, der ist verloren!* Verloren wie Gregor Martens, der nicht merken wollte, dass sein brillanter Kopf erst unlängst schändlich missbraucht worden war. Missbraucht zur Schaffung eines Mittels, das einem erlesenen Kreis neben immensem Reichtum bei geschickter Handhabung auch Einfluss in einem nie gekannten Maße auf die Zukunft der Menschheit bescheren konnte.

Doktor Peter Kristler - mit Auszeichnung promoviert im Fach der psychologischen Gesprächstherapie - wusste nicht nur aus Berichten von Patienten gut, wie blind die stete Jagd nach dem sexuellen Höhepunkt machen konnte. Und die Illusion von einer immerwährenden Liebe zwischen zwei Menschen war eine viel zu schwache Fessel für die Suche nach neuen sexuellen Erfahrungen - das hatte er selbst erlebt.

Er schlug den Mantelkragen hoch. Gregor würde bestimmt gleich rauskommen. Dann sah er ihn auch schon aus der Hotelhalle treten, das Fahrradschloss lösen und losfahren - was er mit zufriedenem Lächeln verfolgte. Bis er den BMW bemerkte, der in dieselbe Richtung fuhr. Sein Lächeln erstarb. Der Wagen war ihm vorhin schon aufgefallen, wegen der beiden Insassen, einer davon mit einem Handy oder war es ein Funkgerät?

Jetzt nur die Ruhe bewahren!

Eine weitere Person kam aus dem Hoteleingang. In signalroter Daunenjacke. Er reckte den Hals - wenn das nicht die auffällige Neukundin von gestern Abend war. Die soeben ihre erste Lieferung erhalten hatte. Was machte die unmittelbar nach dem Geschäft auf der Straße? War sie denn gar nicht heiß darauf, das Spray auszuprobieren?

Moment! – Hat Gregor etwa wieder jemanden beliefert, der es gar nicht für sich selbst ... Mensch, aber klar doch!

Diese Möglichkeit war ihm noch gar nicht in den Sinn gekommen: War Gregors Gehabe nur Fassade, und er hatte längst einen eigenen Handel aufgezogen? Deshalb die ablehnende Reaktion auf das neue Züchtungslabor, da er seine Extratouren dann kaum mehr verbergen könnte.

Parallel zu ihr, auf seiner Straßenseite, lief Peter Kristler mit, während Tatjana Kartan telefonierend auf den Platz der Republik zuhastete. Dort bog sie rechts ab in die Mainzer Landstraße, rannte ein paar Meter weiter, blieb stehen, sah sich suchend um, überquerte die Straße auf Höhe der Skulptur eines wehenden Schlipses vor dem Westendtower und lief wieder zurück zum Platz der Republik, noch immer mit dem Handy am Ohr. Kristler hatte ebenfalls gestoppt, ins Schaufenster einer um diese Uhrzeit gerade schließenden Sushi-Bar gestarrt und verfolgt, wie Tatjana an der Fußgängerampel über die Straße sprintete, auf die andere Seite der Mainzer Landstraße. Er lief hinterher und vergrößerte den Abstand, als sie in eine Nebenstraße abbog. Beobachtend, wie sie in einem der Gebäude verschwand, wartete er ziemlich genau eine Minute, dann ging er zu dem breiten Eingang, durch den sie gehuscht war – und wollte seinen Augen nicht trauen: Er stand vor der Hofeinfahrt des Polizeipräsidiums Frankfurt am Main.

26

»Wieso hast du kein Taxi genommen?«, rief Devcon, als Tatjana Kartan ihm, sichtlich außer Puste, auf dem Flur der K11 entgegenkam. »So war es besprochen. Außerdem hatte ich doch gesagt, dass das nächtliche Publikum in der Bahnhofsgegend nicht gerade für seine Zimperlichkeit berühmt ist.«

»Ich bin Kriminalkommissarin! Schon vergessen?«

Devcon winkte ab. »Gab's irgendwelche Besonderheiten?«

»Ja. Man stelle sich vor, das Paradies ist plötzlich nur noch halb so viel wert.«

»Was soll das heißen.«

»Er ist mit dem Preis runtergegangen. Und zwar um exakt die Hälfte. Aus völlig freien Stücken. Wahnsinn, oder? In dem Fall wollte ich natürlich zwei, so als Vorrat, er hatte aber nur eins dabei, das heißt ...«

»Du hast auch nur eins gekauft.«

»Genau.«

Auf dem Weg in Devcons Büro griff Tatjana Kartan in die Innentasche ihrer Jacke, holte das Nasenspray heraus, das sie inzwischen in eine Plastiktüte verpackt hatte, und hielt es ihm so dicht vors Gesicht, dass er die Aufschrift kaum lesen konnte. »Gut. Geht der Form halber gleich Montagmorgen ans LKA-Labor.«

Sie schob es in die Jackentasche zurück. »Das ist ein prima Geschäftsmann, oder? Von so einem Dealer habe ich jedenfalls noch nie was gehört. Michael auch nicht. Der ist vor Lachen fast aus dem Auto gefallen, als ich es ihm eben durchgegeben habe.«

»Kann ich mir vorstellen. Und? Was ist mit Hinweisen auf irgendwelche Komplizen?«

»Sorry, nichts dergleichen.« In seinem Büro angelangt, kramte sie den Minirecorder hervor. »Kann gleich losgehen, ist schon zurückgespult.«

Devcon hielt sich das Gerät ans Ohr, lauschte dem kurzen Gespräch mit unbewegter Miene und schüttelte dann den Kopf. »Wenn der solch ein miserabler Geschäftsmann ist, dann ist es tatsächlich kein Wunder, dass das Nasenspray bisher nicht weiter verbreitet ist.«

»Sag ich doch. Ist vollkommen unverständlich, dass er den Preis runtergesetzt hat, wo die meisten Interessenten ihn doch stillschweigend akzeptiert hatten. Gut, vielleicht lag's ja daran, dass ich ihm gesagt hab, ich fände es viel zu teuer, aber das war doch nur, um irgendwelches Blabla zu machen ...«

»Was ihn aber möglicherweise befürchten ließ, dass du einen Rückzieher machen könntest. Wir werden sehen, was er dazu zu sagen hat. Das Band dürfte auf jeden Fall für einen Haftbefehl wegen Verstoßes gegen das Arzneimittelgesetz ausreichen. Ein paar Jahre Haft sind ihm damit sicher.«

»Heißt das, die Observationen werden beendet, und ich kann auf Michael warten?«

Devcon blickte auf die Uhr. »Wenn Martens nach Hause zurückkehrt und keine weiteren Kontakte mehr zu erwarten sind, greifen wir zu, ja.« In seinem übermüdet wirkenden Gesicht zeichnete sich der Anflug eines Lächelns ab. »Zufrieden?«

»Geht so. Um dieses strenggeheime Forschungsprojekt zu stoppen, wenn es denn existiert, bliebe dann aber nur noch ein Deal mit der Staatsanwaltschaft, oder? Strafminderung gegen Belastung der anderen Beteiligten oder so was in der Art.«

»Theoretisch wäre das eine Möglichkeit. Nach den bisherigen Erfahrungen in speziell diesem Fall spricht allerdings so gut wie alles dagegen, damit durchkommen zu können.«

»Na, toll! Soviel zum Thema Erfolgserlebnis. Dann haben wir vielleicht wirklich nur einen ganz kleinen Fisch geangelt. Und dafür der ganze Aufwand! Also, mir reicht's für heute, ich geh besser mal rüber, Michael wird dann ja bald kommen, ich warte solange in seinem Büro auf ihn. Okay?«

»Mach das.«

Im Büro ihres Bruders ließ Tatjana sich in den Schreibtischsessel fallen, nahm das eingetütete Nasenspray aus der Innentasche ihrer Daunenjacke, und betrachtete es lange und eingehend – in dem schmerzlichen Bewusstsein, dass ihr eigenes Sexualleben schon sehr lange brachlag. Sie nahm es vorsichtig aus der Plastiktüte heraus – ihre Fingerabdrücke waren durch die Übergabe ja sowieso schon mit drauf. Dann drehte sie den Sprühaufsatz ab, hielt sich das Fläschchen dicht unter die Nase, schnupperte daran – und ihre Pupillen weiteten sich von dem prickelnden Wonnegefühl, das sich explosionsartig in ihrem Unterleib ausbreitete. Mit zitternden Fingern und innerlich bebend vor Lust setzte sie die Teile wieder zusammen.

»Stell das Zeug weg!«

Sie zuckte zusammen, beinahe wäre ihr das Nasenspray aus der Hand gefallen. Sie hatte Devcon nicht reinkommen hören.

»Ich sagte, stell es weg! Sofort!« Mit vor Zorn lodernden Augen kam er näher. Sie blieb reglos sitzen, wusste noch immer nicht, wie ihr geschah.

»Verdammt! Hast du dir schon mal die Spur eines Gedankens darüber gemacht, was das genau ist, was du da in den Händen hältst?«

Sie hörte seine Stimme, registrierte seinen Ärger, erfasste aber nicht den Sinn seiner Worte. Die Woge ihrer Lust ebbte langsam ab und wurde durch Leere ersetzt.

»Das ist eine Droge! Eine gottverdammte Droge, und zwar eine mit fataler Doppelwirkung! Hast du die leiseste Vorstellung davon, was passiert, wenn selbst der Sex bald aus der Tube kommt? Willkommen auf dem Highway zum Knast der globalen Vereinsamung, kann ich da nur sagen. Von wegen Paradise. Wer immer dem Zeug diesen Namen verpasst hat, muss wirklich Sinn für Humor haben.«

Tatjana schwieg, den Blick starr auf ihn gerichtet. Allmählich kehrte sie in die reale Welt zurück.

»Und jetzt gib mir sofort dieses verdammte Spray! Es ist kaum zu glauben, aber offensichtlich zählt für euch allesamt tatsächlich nur noch der schnelle Genuss!«

Endlich war sie wieder im Kommissariat angekommen und schleuderte ihm das Nasenspray entgegen, mit aller Gewalt die aufkommenden Tränen zurückhaltend. Es landete mit gelöstem Aufsatz am Türrahmen und fiel zu Boden, wobei ein Teil der farblosen Flüssigkeit austrat. Devcon beugte sich blitzschnell hinab –

außerhalb des Gefäßes verlor das Serum innerhalb von Sekunden deutlich an Duftintensität - hob es auf, schraubte es zusammen und drehte sich langsam um.

»Zu deiner Information, das Zeug dient der Beweissicherung. Zum Abreagieren unangebrachter Emotionen ist es also denkbar ungeeignet.«

Sie wandte den Blick ab. Er verließ mitsamt Nasenspray den Raum, dem immer lauter werdenden Ton seines Handys folgend. Etwa eine Minute später trat sie ebenfalls nach draußen. Die Tür zu Regina Tamms Büro stand weit offen, und Devcon stand an dem tadellos aufgeräumten Schreibtisch.

»Unser Pflanzenfreund hat soeben sein Domizil wieder verlassen«, sagte er, ohne aufzublicken, und drückte die Tasten eines kleinen Apparates.

»Vielleicht hat er noch einen Liefertermin.«

»Vielleicht, vielleicht auch nicht. Jedenfalls scheint endlich mal was auf dem Band zu sein.« Das Abhörgerät an Gregor Martens' privatem Telefonanschluss hatte bisher kein einziges Gespräch aufgezeichnet.

»23 Uhr 09«, sagte die monotone Computerstimme an. Devcon blickte auf seine Uhr. Achtzehn Minuten vor zwölf.

»Martens?«

»Komm zum Labor! Und zwar schnell«, nuschelte eine dumpfe Stimme.

»Wer spricht da?«

»Stell dich nicht dümmer als du bist. Dein Anschluss wird wahrscheinlich abgehört. Beeilung.« Es ertönte ein kurzes mechanisches Klicken. Die Aufzeichnung war beendet.

»Telefonzelle«, sagte Tatjana Kartan. Devcon nickte und zog sein Handy aus der Hosentasche. »Er ist zum Klinikgebäude beordert worden«, gab er Michael Kartan durch.

»Haben wir auch schon gemerkt. Ist rekordverdächtig schnell hergestrampelt. Befindet sich wohl im Training für die neue Tour de France der Saubermänner.«

»Ich bezweifle, dass gerade er dazu gehört. Haltet auf jeden Fall Abstand. Die Observation ist bemerkt worden.«

»Na, dann woll’n wir mal sehen, wer uns dort noch so alles erwartet.«

»Keine Hauruck-Aktionen! Ich will über jeden noch so kleinen Schritt informiert werden. Und zwar vorher, kapiert?«

»Geht klar.«

»Ich ordere Verstärkung und ...«

»Jim! Er wurde soeben von einem Mann abgefangen. Und es sah definitiv nicht nach einem freudigen Wiedersehen aus.«

»Sh... – sofort zugreifen!«

27

Im Licht der Laternen fiel der Sprühregen wie in feinen Staubfäden über den asphaltierten Besucherparkplatz. Die meisten Parkbuchten waren unbesetzt, die Institutsgebäude wirkten verwaist. Nur hinter einigen Fenstern der Hauptklinik flirrte Neonröhrenlicht. Michael Kartan zog die gläserne Tür zu Hauseingang 25A auf und stieg mit Kollege Grafert die Treppenstufen hoch, im Anschlag die entsicherten Walther P1.

Im Flur brannte Dauerlicht. Kartan rüttelte an einer Tür, laut Aufschrift der Eingang zum Zentrum der Biologischen Chemie. Verschlossen. Links ging es zum Zentrum der Physiologie, die Tür stand merkwürdigerweise weit offen, der Bereich dahinter wurde durch eine Notbeleuchtung erhellt. Es dauerte einen Moment, bis sich die Augen der Kommissare der Dunkelheit angepasst hatten. In seitlicher Körperstellung arbeiteten sie sich vor, wobei Grafert an einem Garderobenständer hängen blieb, dessen Fußende bis weit in den Flur hineinragte. Mit einem Ausfallschritt fing er sich ab. Kartan sah augenrollend zu. Sie richteten den Blick wieder nach vorn. Und Grafert verschluckte seinen Kaugummi. Im Flurübergang vor ihnen standen zwei Männer mit dunklen Skimasken über den Köpfen – bewaffnet mit UZI-Maschinenpistolen.

Mit flatternden Fingern schloss Gregor Martens den Laborraum auf, im Nacken den Druck einer Pistolenmündung.

»Keine unnötigen Toten«, hatte Peter Kristlers knappe Anweisung an die beiden maskierten und schwer bewaffneten Männer gelautet – sie hatten sich im Gebäude versteckt gehalten, bis er mit Martens eingetroffen war, und dann im Treppenhaus zum Laboraufgang Stellung bezogen.

Die stählerne Waffenmündung am Hinterkopf fühlend, durchquerte Gregor Martens mit zitternden Knien den Raum und ließ sich langsam auf dem Laborschemel nieder.

»Etwas schneller, bitte!«

Er beugte sich runter, um den Rechner zu starten – und riss die Augen auf. »Er ist weg!«

»Was?!«

»Der Rechner! Gestern war er noch da, ich schwör's!« Er drehte sich um – und zuckte zusammen. In Kristlers Miene spiegelte sich mörderischer Hass. »A-aber ich hab die wichtigsten Daten auch Zuhause auf meinem Computer!«

»Und das sagst du mir erst jetzt«, erwiderte Kristler mit einer kalten ruhigen Stimme. Dann fuhr er ruckartig herum – als vom Parkplatz her die Motorengeräusche mehrerer Fahrzeuge ertönten.

»Steh'n bleiben! Oder wir pusten euch um!«, brüllte einer der Männer, die Stimme durch die Skimaske verzerrt.
Michael Kartan glaubte, einen osteuropäischen Akzent herauszuhören. »Ruhig, Jungs. Dann passiert schon nichts.«

»Waffe weg, Großmaul! Du auch! Schnell! Sonst Knall!« schrie der zweite mit ungleich stärkerem Akzent und fuchtelte mit der Maschinenpistole umher.

»Okay, okay!«

Im Zeitlupentempo ließen sie ihre Pistolen sinken.

»Waffen auf Boden. Schnell!«

Wieder sehr langsam gingen sie in die Hocke und legten sie nieder. Der vordere der Maskierten bewegte sich auf sie zu, während der andere ihnen befahl: »Mit Fuß herschieben!« Er war sehr nervös, es hatte also wenig Sinn, sich ihm zu widersetzen. Eilig klaubte sein Komplize die Pistolen auf und ließ sie in den Taschen seines Armeeparkas verschwinden.

»Und was machen wir jetzt?«, fragte Kartan sie.

»Warten!«

28

Devcon und die drei Einsatzwagen mit je zwei Mann starker Besatzung trafen fast zeitgleich am Theodor-Stern-Kai ein. »Ausschwärmen und Zugänge sichern!«, befahl er über Funk und parkte direkt vor Hauseingang 25A. Zur fluchtsicheren Abriegelung des Geländes hätte es einer weitaus größeren Mannschaft bedurft. Mehr Personal war so schnell aber nicht verfügbar gewesen.

Devcon blickte auf die Uhr. Viertel nach zwölf. Er war beunruhigt. Seit Kartans letzter Meldung waren über zwanzig Minuten vergangen – an sich Zeit genug für einen einfachen Zugriff. Er ließ keine Minute mehr verstreichen, schnappte sich Handy und Funkgerät und stieß die Wagentür auf. Die Beifahrertür wurde ebenfalls geöffnet. Er fuhr herum und packte Tatjana Kartan mit festem Griff am Arm. »Jetzt reicht's! Du beziehst exakt dort Posten, wo ich es dir sage. Andernfalls kannst du von mir aus noch heute Nacht nach Hamburg zurückfahren! Ist das klar?«

Sie sank in ihrem Autositz zurück und starrte ihn böse an. Sie hatte die Zentrale übernehmen sollen, war aber zu seinem Wagen vorgelaufen, dessen Türen auf dem Präsidiumshof meist unverschlossen blieben.

»Vorsicht, Sweetheart, ich meine es bitterernst! Und dir ist sicher schon zu Ohren gekommen, dass ich selten bluffe.«

»Also, wo soll ich hin?«

»Du bleibst hier im Wagen.«

»Was? Aber ...«

»Du bist in Gefahr! Die Gegenseite hat dich aller Wahrscheinlichkeit nach als Ermittlerin entlarvt. Solche Menschen mögen das bekanntlich nicht besonders gern, und ich werde den Teufel tun und dich hier als bevorzugtes Abschussziel präsentieren!«

Er stieg aus, warf die Tür zu und nahm das Funkgerät hoch. »Zwei Mann zum Vordereingang, wir gehen rein. Der Rest hält die Position. Und absolute Funkstille.« Zwei jüngere Kollegen aus dem Bereitschaftsdienst der Schutzpolizei stießen zu ihm. Er zog seine Dienstwaffe aus dem Schulterhalfter und öffnete die Tür zum Hauseingang.

Weitergehen, signalisierte er den beiden Polizisten, während er die verschlossene Tür zum Zentrum der Biologischen Chemie checkte und ihnen dann folgte. Er befand sich fast wieder auf gleicher Höhe, als der erste mit geradeaus gerichteter Waffe in den Flur mit der diffusen Notbeleuchtung abbog.

Eine Maschinenpistole ratterte los.

»Deckung!«, schrie Devcon, packte den hinteren Polizisten, riss ihn aus der Gefahrenzone und schoss sein Magazin leer. Dann wurde es still.

»Alles klar! Ihr habt sie erwischt!«, rief Sascha Grafert.

»Licht!«, rief Devcon.

Von Kartan war nichts zu hören. Wo war er?

»Ach, du Scheiße!«, entfuhr es Grafert.

Devcon rannte zu ihm, während die Neonbeleuchtung aufflackerte. Den uniformierten Kollegen, der sich langsam aufrichtete und sich die blutende Schulter hielt, beachtete er nicht.

»Einen Notarzt! Schnell!«, brüllte Devcon, der jetzt neben Michael Kartan am Boden kniete.

Etwas in sein Funkgerät sprechend, rannte der unverletzte Polizist nach draußen.

»Durchhalten, Junge, gleich ist Hilfe da. Hast Glück, bist mitten im Ärztenest. Und die Streiks sind auch gerade rum.«

Michael Kartan lag flach auf dem Rücken und grinste schwach. Aus seinem Mundwinkel floss ein Blutrinnsal. Dann verlor er das Bewusstsein. Devcon starrte auf das aus einer Bauchwunde herausquellende Blut. Er zerrte sich die Lederjacke vom Leib und presste sie dagegen. »Bloody hell – wo bleibt der Arzt!«

Die Blutlache – sie wurde zusehends größer. Dann endlich ertönten vom Eingang her hastige Schritte. Ein Mann und eine Frau in grünen Kitteln stürmten herein. Devcon stand sofort auf und machte Platz. An den Knien seiner Jeans hafteten dicke Blutflecke. »Eine Trage. Schnell!«, hörte er die Ärztin rufen.

Erst jetzt sah er weiter in den Flur hinein, wo die Körper der beiden Maskierten reglos auf dem Boden lagen. Er steckte seine

Pistole weg, hob seine Jacke auf, nahm die Blutflecken auf dem Innenfutter gar nicht wahr, als er sie anzog, und riss sein Funkgerät heraus. »Ausgänge bleiben bis auf Weiteres gesichert. Wir brauchen Verstärkung! Es müssen noch Personen drin sein. Informiert die Wachstation am Nachtausgang des Haupthauses. Sie sollen jeden festhalten, der das Gebäude betreten oder verlassen will. Und achtet auf die Parkhausausgänge!«

Er wandte sich dem Uniformierten zu, der im vorderen Flureingang verharrte und mit entsetztem Gesicht das Geschehen um Michael Kartan verfolgte. »Gebäude absuchen!« Der Mann lief sofort los. Devcon drehte sich wieder zu den beiden Leichen hin.

»Der ist vom Kugelhagel des anderen erwischt worden, wahrscheinlich gleich zu Anfang, sonst hätte es für uns noch schlechter ausgesehen.«, sagte Grafert mit belegter Stimme und deutete auf den vorderen der beiden toten Männer. Sein Armeeparka war im Rückenbereich mit Eintrittslöchern übersät. »Der Amokschütze hier konnte mit einem Treffer in die Stirn zum Glück relativ schnell ausgeschaltet werden.«

Er hörte nicht zu, starrte gebannt zum Ärzteteam. Fünf Kompressionsstöße, Beatmung. Wechsel. Fünf Kompressionsstöße, Beatmung ... Die Blutlache wuchs nicht mehr. Zwei Männer mit Trage stürmten herein. Devcon wurde über Funk gerufen, als die Ärztin gerade ihr Stethoskop an Michael Kartans linke Brusthälfte hielt.

»Hier oben – zweite Etage, Laborbereich – liegt noch einer. Muss ein Schuss aus kürzester Distanz gewesen sein.«

»Sehen Sie sich seine Waden an!«

Devcon sah zu Kartan hin, während er auf eine Antwort wartete.

»An der linken ist eine dicke Narbe. Sieht aus wie eine Bisswunde.«

»Suche nach Flüchtigen fortsetzen.«

Die Ärztin wechselte einen schnellen Blick mit ihrem Kollegen. Devcon ging zu ihr, die Augen fest auf sie gerichtet. »Wie sieht's aus?«

»Der Herzmuskel schlägt nicht mehr. Die Atmung hat schon vor einigen Minuten ausgesetzt«, erklärte sie, während die beiden Männer Michael Kartan auf die Trage hoben.

»Mein Gott, nein! – Gibt es noch Chancen?«

»Er hat unglaublich viel Blut verloren in der kurzen Zeit. Mindestens eine der Kugeln muss die Aorta durchschlagen haben. Weitere stecken wahrscheinlich in den Lungenflügeln.« Sie zögerte, dann sah sie ihn fest an. »Es tut mir leid, die Reanimation ist fehlgeschlagen. Die inneren Blutungen waren schon zu weit fortgeschritten.«

Devcon hob die Hände vors Gesicht und sank langsam auf die Knie.

»Nicht, nein – bleib da!«, schrie Grafert.

Devcon schnellte in die Höhe. In der offenen Flurtür stand Tatjana Kartan.

29

Ihr fragender Blick blieb beim Krankenhauspersonal hängen, das ihr die Sicht verdeckte. Dann erkannte sie, dass es ihr Bruder war, der auf die Trage gehoben wurde. Und sah die Blutlache. Devcon riss sie herum und zerrte sie in Richtung Treppenabgang.

»Was soll das! Loslassen! Ich will doch nur sehen, wie's ihm geht!«

»Nein.«

»Doch! Ist er sehr schwer verletzt?« Mit aller Kraft stemmte sie sich gegen ihn. »Ich hab jede Menge Schüsse gehört. Ich kann nicht noch länger draußen warten. Was ist passiert? Bitte! Ich will das jetzt wissen.«

Es gelang ihm, sie festzuhalten, er drehte sie an den Schultern herum. Hinter ihrem Rücken liefen die Sanitäter mit der Trage vorbei, gefolgt vom Ärzteteam. Er ließ sie nicht los und holte tief Luft. »Also gut. Wie du willst. Eine der Kugeln hat die Hauptschlagader erwischt. Wie es aussieht - nun - wie es aussieht ...« Ihm versagte die Stimme.

Sie starrte ihm ins Gesicht, als ob sie nach einer Regung suchte, die seine Worte als makaberen Scherz entlarven würden. Dann biss sie sich auf die Unterlippe, während sie ihn noch immer ansah, und er wusste, dass er diesen Blick nicht mehr vergessen würde. Ein von Wimperntusche geschwärzter Tränenbach lief an ihren Wangen hinunter, als sie die Schutzweste berührte, die sie noch immer unter ihrer Daunenjacke trug.

»Was - das ist doch absoluter Quatsch!« Er packte sie wieder. »Hör sofort auf damit! Oder erklär mir, warum er sich ausgerechnet heute freiwillig mit Weste in den Beobachtungswagen hätte setzen sollen. Du weißt, dass sich in dem Fall, wenn überhaupt, nur einer etwas vorzuwerfen hat. Sein Vorgesetzter. Und der bin ich.« In seinem Gesicht spiegelte sich pure Hilflosigkeit, auch seine Augen waren jetzt feucht. »Gehen wir«, sagte er leise. »Wir können hier im Moment nichts mehr tun.«

»Aber ich will ihn noch einmal sehen, bitte!«

»Das wirst du. Aber nicht jetzt.«

Nachdem Verstärkung eingetroffen und die Spurensicherung organisiert war, führte er Tatjana Kartan zum Auto. Sie ließ sich willenlos auf den Beifahrersitz lenken und starrte ins Stadtlichtermeer, ohne irgendetwas wahrzunehmen. Sie vom Ort der Tragödie fortzubringen, hielt Devcon für das einzig Richtige: Sie sollte ihren Bruder so in Erinnerung behalten, wie sie ihn zuletzt gesehen hatte – lebendig und vor allem ohne die Wundenkrater, die der Irre bei dem Massaker in seinen Körper gerissen hatte. Immer wieder sah er zu ihr hin, während er Instruktionen an das Team am Tatort erteilte und sich nach dem Zustand von Sascha Grafert erkundigte – er hatte lediglich ein paar sehr harte Prellungen zurückbehalten, verursacht von der Wucht der Maschinenpistolenkugeln beim Aufprall in die Schutzweste.

Dann fuhren sie los. In der Schulstraße in Alt-Sachsenhausen angelangt, stoppte Devcon den Wagen und wandte sich an Tatjana. »Bitte warte einen Augenblick, es dauert nicht lange.«

»Was?«, fragte sie mit tonloser Stimme.

»Ich muss schnell in Martens' Wohnung. Bevor irgend jemand sämtliche Spuren beseitigen kann. Martens ist ... ebenfalls tot. Und das heißt, dieses Forschungslaboratorium ist hiermit offiziell entdeckt.«

Ihr Blick blieb starr geradeaus gerichtet. »Du bist wirklich beeindruckend. Die Karriere immer fest im Blick.«

Devcon zuckte zurück, verharrte sekundenlang, unfähig zu einer Reaktion. Dann öffnete er das Handschuhfach, nahm Plastikhandschuhe heraus, zog sie an und stieg ohne ein weiteres Wort aus.

Die verschrammte Haustür ließ sich durch bloßen Gegendruck öffnen. Die Wohnungstür – Devcon stutzte – sie war ebenfalls nur angelehnt. Und *aufgebrochen*! Er riss seine Waffe aus dem Schulterhalfter, stieß die Tür auf, sprang in den Flur und sicherte nach allen Seiten. Aus dem hell erleuchteten Wohnraum strahlte ein angeschalteter Monitor auf einem Schreibtisch. Mit der gezogenen Waffe bewegte er sich durch die gesamte Zweizimmeraltbauwohnung – niemand mehr da. Er steckte die Pistole wieder ein, ging zum Schreibtisch – und bemerkte die Schuhkiste neben dem Rechner. Er beugte sich hinab und hob den Deckel: Etliche Nasensprays, sauber gestapelt und aneinandergereiht. *Wieso waren die noch hier?* Er warf einen Blick auf den Monitor. Eine Datei war offen, mit der Überschrift »AS-371 – Präparatszusammensetzung im Detail«. Und auf dem Schreibtisch lag eine angebrochene Packung mit CD-Rohlingen. »Damned! I'm damned, if – !« *Es war also jemand hier gewesen, der offenbar nur an dieser Formel interessiert war – oder es brandeilig gehabt hatte.*

Am Bildschirmrand klebten mehrere Papierstücke. Auf einem war eine Mobilfunknummer aufgeschrieben. Devcon riss die Notiz herunter und tippte die Zahlen in sein Handy. Es ertönte umgehend die Ansage einer Mailbox, die mit einer ihm sehr bekannten Stimme den Namen der Teilnehmerin verkündete: Franka Bubenhain. Die Augenbraue steil nach oben gewölbt, speicherte er die Nummer, verstaute den Zettel in seiner Geldbörse und begann damit, sich noch einmal gründlich in der Wohnung umzusehen. Nahezu sämtliche Wände waren mit Regalen zugestellt, in denen stapelweise Fachliteratur und mit Leitzschildern beschriftete Aktenordner lagerten. Sein Blick blieb an dem einzigen Unbeschrifteten hängen, es war ein schmaler Ordner in blauer Farbe. Er zog ihn heraus, öffnete ihn – und blickte auf die Kopie einer Krankenakte aus einer psychologischen Gesprächstherapie. Er blätterte kurz darin. Der Inhalt erschien ihm sehr interessant, deshalb entschied er, lieber nicht darauf zu warten, dass die KTU ihm diesen Ordner zusammen mit allen anderen nach der Hausdurchsuchung ins Büro liefern würde. Er stellte ihn vorne im Flur ab, um ihn bloß nicht zu vergessen.

Die Informationen, die er zwischenzeitlich per Handy über den Stand am Tatort einholte, stimmten indes weniger hoffnungsfroh: Es hatte kein Flüchtiger mehr entdeckt werden können. Und eine Großfahndung nach dem Mann, der Gregor Martens abgepasst und wohl auch ermordet hatte, war leider unmöglich. Dazu reichte die dürftige Personenbeschreibung nicht aus, die Kartan ihm durchgegeben hatte, nachdem er ihn zusammen mit Martens gesehen hatte.

Mit wütendem Schwung riss Devcon den abgewetzten Ledersessel am Schreibtisch zurück, ließ sich auf den Sitz fallen, schloss die Datei mit der Serumsformel und sah sich die wenigen anderen, gespeicherten Daten an: Es handelte sich fast ausschließlich um Kürzel- und Stichwortsammlungen, wahrscheinlich zu Martens' Arbeiten über die Pflanzenzucht. Eine wie auch immer geartete Kundenkartei fand er nicht. »Mail« hieß eine der Verknüpfungen im Hauptmenü. Devcon klickte sie an – und es öffnete sich der Browser mit der Startseite *www.anonymsurfen.com*. Er runzelte die Stirn. Er sollte einen Providernamen in eine Eingabemaske eintragen. Zwar wusste er inzwischen, was ein Provider war, aber welchen hatte Martens benutzt? Hörbar stieß er die Luft aus und sah sich noch einmal den Wirrwarr von Klebezetteln am unteren Bildschirmrand an. *Josef371@fastmail.com* – so stand es fein säuberlich notiert auf einer Haftnotiz in Neongrün. Da waren ja alle Informationen, die er benötigte! Devcon hämmerte die Provideradresse *fastmail.com* in die Tastatur und gab nach dem Aufbau der Seite als Benutzernamen *Josef371* ein. Es blieb das Eingabefeld für das Passwort. Erster Versuch: Paradise. Negativ. Zweiter Versuch: AS-371. Negativ. Dritter Versuch ...

»Achtung, das könnte der letzte Versuch vor der automatischen Aktivierung einer Sperre sein.«

Devcon drehte sich um, erblickte Tatjana Kartan – und erschrak. Sie war bleich wie das Mondlicht, die Arme fest um den eigenen Körper geschlungen. In ihren Augen schien sich der Schmerz der ganzen Welt zu spiegeln. Er stand auf, nahm sie in die Arme – und sie heulte los. Hemmungslos. Minutenlang. Dann entriss sie sich ihm abrupt.

»Es gibt spezielle Programme, mit denen man Passwörter knacken kann«, erklärte sie, vergeblich um eine feste Stimme bemüht.

»Gut, packen wir die Kiste ein, im Verbund mit Beweisstück A in Form des Schuhkartons und Beweisstück B, das ist der blaue Ordner da vorne im Flur. Und jetzt nichts wie raus hier.«

Auf dem Weg zurück zum Auto blieb Devcons Blick an dem Zigarettenautomaten hängen. »Einen Augenblick nur, bitte«, sagte er zu Tatjana, stellte den Rechner auf den Boden, holte seine Geldbörse aus der Gesäßtasche und durchwühlte sie nach passenden Münzen – unterbrochen vom klingelnden Handy: Der Leiter des Tatortteams teilte mit, dass die Fachkräfte von der Spurensicherung und ein Tatorttrupp des Kriminaltechnischen Institutes eingetroffen seien. Die Untersuchungen seien in vollem Gang und würden voraussichtlich bis in die frühen Morgenstunden dauern. Devcon rang sich ein Danke ab und entsicherte die elektrischen Türschlösser des BMW. Den Zigarettenautomaten hatte er vergessen.

»Kommst du?«, fragte er Tatjana Kartan, die wie eine Wachspuppe vor dem Auto stand, den glasigen Blick weit weg in ein Nirgendwo gerichtet. Sie zog die Wagentür auf und stieg ein – im Zeitlupentempo, als würde sie ferngesteuert. Er musterte sie besorgt und fuhr los.

Über der Stadtautobahn tauchten die blauen Richtungsschilder in immer knapperen Abständen über den breiten Fahrspuren auf. Der von Schneeflocken durchzogene Regen wurde stärker.

»Wohin fahren wir?« Tatjana sah zu Devcon hin. »Michaels Wohnung ist in der Bergerstraße, und hier geht's doch geradeaus der Stadt raus, oder?«

»Was willst du in seiner Wohnung? Ich glaub nicht, dass – nun – f... damn it.« Er richtete den Blick wieder starr geradeaus. »Sicher ist, dass uns mindestens einer entwischt ist. Aller Wahrscheinlichkeit nach unser geheimnisvoller Anrufer. Eine Großfahndung nach Unbekannt macht aber keinen Sinn, also müssen wir die Ergebnisse abwarten. Bin gespannt, was uns die Fingerabdrücke verraten werden, wir brauchen die Identität der beiden Schützen, damit wir irgendwo ansetzen können. Und bis wir die kriegen, ist es mit Sicherheit Mittag.«

»Und was ist bis dahin?«

»Bis dahin heißt es warten, wie gesagt. Was anderes bleibt uns nicht übrig. Ich dachte, wir fahren solange zu mir, aber wir können natürlich auch irgendwo anders hingehen, wenn dir das lieber ist. Aber denk daran, dass es jetzt schon fast zwei Uhr morgens ist. Da wird nicht mehr viel offen sein.« Sie antwortete nicht und starrte wieder vor sich hin.

An der Abfahrt zum Main-Taunus-Zentrum verließ Devcon die A 66. Auf der Landstraße bog er zum Ortsteil Sulzbach ab, fuhr in eine Straße rechts rein, parkte den Wagen in der Garageneinfahrt vor dem vierten Haus, schloss die Tür auf und blieb abwartend stehen. Tatjana blickte sich um. Eben noch im Zentrum der Mainmetropole befand sie sich nun inmitten kleinstädtisch anmutender Idylle.

Im Wohnzimmer schaltete Devcon den Dimmer der Stehlampe an – was Tatjanas Aufmerksamkeit augenblicklich auf das Kuriosum in der Raummitte lenkte: Eine alte Polizei-Harley, original restauriert, Modell FL PAN 53FL3042, Baujahr 1953. Tatjanas Mundwinkel hoben sich. Doch ihr Lächeln gefror, als sie die Blutflecken auf Devcons Jeans entdeckte.

»Shit!« Er stürzte hinaus, hechtete die Flurtreppe hoch in sein Schlafzimmer. Dort zog er die Lederjacke aus – und nach einem kurzen Blick auf ihr Innenfutter knallte er sie heftig in die Ecke. Er holte frische Sachen aus dem monströsen Kleiderschrank, den er höchstens zur Hälfte nutzte, zerrte sich die blutbesudelte Montur vom Leib, zog saubere Kleidung an und lief noch mit dem Schließen der letzten Knöpfe seiner Jeans beschäftigt über den Flurteppich, als er Tatjana vor sich sah.

Sie blieb stehen, die von neuen Tränen glänzenden Augen nicht von ihm abwendend. »Bitte ... wenn du mir wirklich helfen willst ... dann sag mir, warum das passiert ist. Sag mir einfach irgendwas. Bitte! Ich kann nicht mehr.«

Er hob zu einer Erklärung an. Und brach ab. Er hob noch einmal an, brach wieder ab – und schloss sie fest in die Arme. Mit der Absicht, ihr Halt zu vermitteln. Doch in Wahrheit klammerte er sich ebenso sehr an sie, wie sie sich an ihn. Abrupt ließ er sie los. »Setz dich.«

»Was?«

»Setz dich hin!«

»Hier auf den Teppich?«

Devcon nickte, stürmte die Flurtreppe hinab und kehrte mit zwei mit Eiswürfeln gefüllten Gläsern und einer frisch geöffneten Flasche zurück: »Gordon & MacPhail – Connoisseurs Choice«, ein mittlerweile über vierzig Jahre alter, schottischer Whisky, den Fringe ihm zum fünfzigsten Geburtstag überreicht hatte. Er hockte sich neben Tatjana Kartan auf den Teppichboden, goss ein und drückte ihr das zu einem Drittel gefüllte Glas in die Hand.

Sie sah ihn mit großen Augen an, nahm das Glas, setzte es an die Lippen, nippte einen Schluck – und verzog das Gesicht. »Uh!«

»Du musst es in einem Zug leeren, dann geht's.«

Gequält sah sie auf ihr Glas, setzte es erneut an, stürzte den Drink runter und würgte und hustete laut.

Devcon klopfte ihr auf den Rücken. »Du machst das prima.« Er trank sein Glas ebenfalls leer, schenkte beiden erneut ein und stieß mit ihr an. »Also los – runter damit!«

»Uff! Sollen wir die Flasche jetzt austrinken, oder was?«

»Mal sehen, wie weit wir kommen.« Er leerte sein Glas wieder in einem Zug, wartete, bis sie auch soweit war, schenkte nach – und registrierte den Anflug eines Lächelns in ihrem Gesicht. »Bitte sehr.« Er hielt ihr das jetzt halbvoll gefüllte Glas hin – und seinen ausgebreiteten Arm. Sie rückte näher, kuschelte sich an ihn und trank Whisky Nummer drei. In mehreren Schüben. »Puh! Ich glaub, das reicht.«

»Möchtest du jetzt etwas anderes? Ich glaube, ich habe noch einen guten Portwein da.«

Sie hob den Kopf, sah ihm in die Augen – und fing an zu kichern. Er nahm sie wieder fest in seinen Arm, Nase und Lippen in ihr weiches Haar gedrückt – Kokos, es duftete nach Kokos – ein Hauch von der Leichtigkeit des Seins in einer traumhaften Südseegegend. Er hielt sie noch fester, in beiden Armen. Er würde sie einfach nicht mehr loslassen, und alles wäre wieder gut. Nase und Lippen noch immer auf ihr Haar gedrückt, fing er an, ihren Rücken zu kraulen bis hinauf zum Nacken, ihren Herzschlag an seiner Brust spürend. Ihren beschleunigten Herzschlag. Sie hob erneut den Kopf – und er sah den Blick in ihren stahlblauen Augen, diesen kindhaft offenen, fragenden Blick, der ihn schon bei ihrer ersten Begegnung so fasziniert hatte.

»Sollen wir noch einen trinken oder erst mal was anderes machen?«, hörte er sie fragen. Und fühlte im nächsten Augenblick den zaghaften Druck ihrer weichen Lippen auf seinem Mund. Devcon stutzte. Dann riss er sie an sich und erwiderte den Kuss, die Zunge in der heißen Feuchte ihrer Mundhöhle, und sein Puls begann zu hämmern, als er ihr erwachendes Verlangen spürte. Seine Hände fuhren unter ihr T-Shirt, die weiche Haut ihres zierlichen Körpers ertastend, während sie die Knöpfe seiner Jeans öffnete. Ein Stöhnen entfuhr ihm, er merkte nicht, wie er die Whiskyflasche umtrat, als er ihr die Hose vom Leib zog, sich auf sie rollte und in sie eintauchte. Den Druck ihrer Fingernägel in seinem Schulterfleisch fühlend, begann er, sich langsam in ihr zu bewegen, suchte ihren Blick, schloss ebenfalls die Augen – und ließ sich fallen. Fallen in eine andere, von quälenden Erinnerungen vollkommen befreite Welt.

30

Peter Kristler packte systematisch einen Großteil seiner Garderobe in die beiden riesigen Koffer. Falsche Papiere hatte er bereits in der Brieftasche. Mit den richtigen Verbindungen war so gut wie nichts auf dieser Welt ein Problem. Aus seiner Manteltasche ragte der Griff einer CZ 75 Compact, Kaliber 9mm Para. Die Walther P99, für ihn ein bedeutungsloser One-Night-Stand, lag seit etwa zwei Uhr früh auf dem Grund des Mains – wo der Flussverlauf durch ein weitläufiges Feldgebiet führte. Den Chrysler 300 hatte er ebenfalls noch in der Nacht zu einem Spottpreis über seinen Kontaktmann zur Waffenschieberszene abstoßen können. Für die Fahrt nach Liechtenstein würde er den dunkelroten Volvo Kombi nehmen, den er sich an einem der Autovermietungsschalter des Frankfurter Flughafens mit einer gefälschten Kreditkarte besorgt hatte. 13:35 Uhr zeigten die grün leuchtenden Ziffern des Radioweckers an. Er lag gut in der Zeit, befand er und schickte sich an, seinen luxuriös eingerichteten Zweizimmer-Loft zum vorletzten Mal zu verlassen.

Es fehlten die Pflanzenableger. Und wenn er nicht das gesamte Amazonasgebiet absuchen wollte – wo irgendwo zumindest das Ursprungsgewächs auf natürlichem Wege erblühte, wie er aus Gregor Martens' früheren Erzählungen noch wusste – dann musste er schnellstens zur Zuchtstätte! Die Tatortarbeit dürfte inzwischen abgeschlossen sein. Und falls nicht – ein überzeugender Auftritt als auswärtiger Projektarbeiter würde ihm bestimmt den Weg durch die Abriegelung ebnen. Er *musste* den Versuch wagen. Ohne die Pflanze war die Serumzusammensetzung wertlos.

Der Besucherparkplatz des Universitätsklinikums war restlos überfüllt. Wie jeden Sonntag. Polizeiwagen konnte er nirgends entdecken. Was er mit Befriedigung zur Kenntnis nahm.

Die gläserne Tür zu Hauseingang 25A war nicht abgeschlossen. Peter Kristler stieg die in Beton gegossenen Stufen hoch und fragte sich, an welcher Stelle er auf das erste Polizeisiegel stoßen würde. Die Tür zum Zentrum der Physiologie war zu. Er griff in die Man-

eindeutig als Projektarbeit oder gar Promotionsschrift identifizieren ließen. Daraufhin war die Festplatte in Devcons Beisein ausgebaut, in einen anderen Rechner eingebaut und in den Nur-Lese-Modus eingebunden worden. Versteckte Dateien fanden sich leider auch nicht – und das bedeutete, nur mit der Serumsformel in der Hand konnte er nicht beweisen, dass Martens nicht allein für die Herstellung des Nasensprays verantwortlich gewesen war.

Es blieb der E-Mail-Account von Josef371, alias Martens, der sich immerhin binnen kürzester Zeit hatte hacken lassen: So gründlich Martens bei der Verschleierung des Übertragungsweges vorgegangen war, umso leichtfertiger hatte er sich bei der Auswahl seines Passwortes verhalten. »Blütenstaub« war ein gängiger Begriff, der in nahezu allen Wortlistensammlungen vorkam. Uncodiert eingegeben war er somit eine äußerst schlechte Wahl. Eine regelrechte Mailflut in Sachen Nachbestellung hatte zur Abholung bereitgestanden, darunter einige Mehrfachsendungen. Die älteste Nachricht datierte von vorgestern. Der Ordner »gelöschte Nachrichten« war leer. Eine beweiskräftige Verbindung zu Julia Winter, Tobias Körns, Josie Jones und der nach wie vor spurlos verschwundenen Andrea Harms ließ sich anhand dieses Rechners folglich auch nicht herstellen.

Schon zu dem Zeitpunkt hätte Devcon am liebsten resigniert und alles hingeschmissen. Doch es sollte noch schlimmer kommen. Kurz nach seiner Ankunft im Präsidium – nach einem Abstecher zu sich nach Hause, wo Tatjana Kartan noch fest schlief – waren erste Informationen zur Tatortauswertung per Telefax übermittelt worden: Nach Einleitung der entsprechenden Folgemaßnahmen hatte die zuständige Dienststelle den Tatort offiziell »freigegeben«. Die beiden unbekannten Toten hatten über die regionalen Täterlichtbildkarteien bisher nicht identifiziert werden können – es sei eine bundesweit übergreifende Recherche eingeleitet worden. Keine Resultate vom Schusswaffen-Erkennungsdienst, der überprüfen sollte, ob die sichergestellten UZI-Maschinenpistolen schon einmal bei einem anderen Fall benutzt worden waren. Ein Schreiben aus dem Innenministerium verwies darauf, dass die für den Fall Paradise verhängte Nachrichtensperre unbedingt einzuhalten sei.

Und im daktyloskopischen Bericht über die Fingerabdrücke der beiden Täter wurde es dann skurril: Die Papillarleisten der beiden Unbekannten könnten aufgrund frischer Hautverletzungen an den prägnanten Stellen nicht ausgewertet werden - das hieß nichts anderes, als dass man ihn ganz offensichtlich für dumm verkaufen wollte: Frische Wunden an allen zehn Fingerkuppen, tief genug, um die verräterischen Linien zu bannen - kein Problem, wenn man sie lange genug röstet oder mit Säure verätzt. Das hätte dann aber nach ihrem Tod passieren müssen, denn sonst wären sie wohl kaum in der Lage gewesen, eine UZI zu bedienen. Das Telex hatte Devcon mit wutentbrannter Mimik zerknüllt. Der letzte Ausdruck war aus einem Büro in der Thaestraße 11 in Wiesbaden gekommen: BKA-Hauptkommissar Klaus-Peter Losard erwartete die sofortige Übermittlung des Tathergangsberichts.

»Meine Papiere sind in Ordnung, mein Ehemann ist Deutscher«, sagte die Frau im weißen Frotteemantel hinter der halbgeöffneten Wohnungstür. Devcon verzog die Lippen und zückte seinen Dienstausweis. »Sie haben sich sicher verhört, Frau Rothmann. Ich sagte Kriminalpolizei. Nicht Bundespolizei. Es gibt da allerdings ein paar Fragen in Zusammenhang mit Ihrem Club.

»Dazu kann ich Ihnen im Moment nicht viel sagen ...«

»Ziehen Sie es vor, jetzt sofort unter vier Augen mit mir zu sprechen oder möchten Sie lieber eine offizielle Einladung zu einem Gespräch ins Polizeipräsidium, selbstverständlich gemeinsam mit Ihrem Ehemann?«

Sie öffnete die Tür ganz und trat zur Seite, mit unsicherem Ausdruck in den geröteten braunen Augen. Devcon verstaute seinen Ausweis in der Mantelinnentasche, ging an ihr vorbei und stand nach drei bis vier Schritten mitten im Wohnzimmer. Starker Nikotingeruch stieg ihm in die Nase.

»Bitte«, sagte sie und wies auf ein gemustertes Sofa. Sie nahm im Sessel gegenüber Platz und schlug die Beine übereinander, wobei der Frotteemantel im unteren Bereich auseinanderklappte und den Blick auf wohlgeformte Unterschenkel freigab. »Was kann ich für Sie tun?«

»Wie gesagt, es geht um Ihren Club in der Junghofstraße ...«

»Aber dazu kann ich Ihnen wirklich nicht viel sagen. Ich bin eigentlich so gut wie nie dort.«

»Aber der Club läuft auf Ihren Namen.«

»Offiziell. Ja.« Sie wich seinem Blick aus, griff nach der angebrochenen Zigarettenschachtel, die auf dem Couchtisch lag, und hielt sie ihm hin. Er starrte sekundenlang darauf und schüttelte dann kaum merklich den Kopf.

»Sehen Sie, er hat das alles nur aus steuerlichen Gründen arrangiert. Wegen seiner Scheidung.«

Devcon zog die Brauen hoch, lehnte sich zurück und widerstand der Versuchung, die Füße auf den Tisch zu legen. »Ich kann Ihnen leider nicht folgen.« Er lächelte freundlich.

Sie schlug die Augen nieder und sog kräftig an ihrer Zigarette. »Sie haben mich ziemlich überrumpelt – eigentlich möchte ich gar nicht mit Ihnen sprechen. Jedenfalls nicht ohne einen Anwalt.«

»Frau Rothmann, hat das, was Sie verschweigen, etwas mit Mord zu tun?«

»Wie, bitte?«

»Korrigieren Sie mich, wenn ich falsch liege, aber ich denke, es geht Ihnen lediglich um Ihre Aufenthaltserlaubnis und – well, ich kann Ihnen gar nicht sagen, wie egal mir im Moment die hiesige Ausländerpolitik und das Thema Scheinehe ist.«

Vera Rothmann stierte ihn mit offenem Mund an.

»Ich schlage vor, Sie erzählen mir ein bisschen was. Und im Gegenzug garantiere ich Ihnen, dass ich die Korrektheit Ihrer Amtsdokumente mit keinem Deut in Frage stellen werde.«

Nach einigen weiteren tiefen Zügen an der Zigarette begann sie zögernd. »Wir haben uns in Kiew kennengelernt, meiner Heimatstadt. Er war dort auf einem Kongress.«

»Wer ist er?«

»Peter.«

Devcon blies hörbar die Luft aus. »Ihr Mann?«

Sie sog wieder an ihrer Zigarette. »Nein, mein Freund. Sie müssen mir aber versprechen, dass Sie nicht zu ihm gehen und ihm sagen, dass Sie von mir kommen.«

»Das kann ich nicht.«

»Dann kann ich auch nicht ...«

»Frau Rothmann. Wir haben einen Deal. Schon vergessen?«

Sie fuhr sich hektisch durch die Marilyn-Locken. »Es ist aber doch gar nichts Schlimmes dabei – also – am Anfang lief alles gut. Er hatte mir den Job in seiner Praxis verschafft, als ich in Deutschland angekommen war. Aber dann – tja, dann hat sie uns eben erwischt.«

»Sie? Sie sprechen jetzt von seiner Frau, nehme ich an?«

An der Zigarette saugend nickte sie. »Es war eigentlich nichts dabei. Das Übliche eben. Und man kann doch einfach mal ein bisschen Sex haben, ohne gleich eine große Liebesaffäre daraus zu machen, meinen Sie nicht auch?«

Devcon nickte mit todernstem Gesichtsausdruck.

»Aber sie hat gleich ein Riesentheater gemacht und wollte nur noch die Scheidung. Das war vielleicht ein Kleinkrieg, kann ich Ihnen sagen, denn er hat ja nicht einfach so eingewilligt. Vor allem natürlich wegen des Geldes – und deswegen kam ihm später dann auch die Idee mit dem Club. Er hatte noch eigenes Vermögen gehabt. Und durch den rechtzeitigen Übertrag auf mich konnte er es vor ihr und ihren Anwälten bewahren.«

»Wie? Sie meinen, um sein Geld vor der Ehefrau zu retten, hat er es seiner Geliebten, also Ihnen geschenkt?«

»Na ja, was heißt geschenkt – es wurde, wie gesagt, ja komplett in den Club investiert ...«

»Der Ihnen gehört.«

»Stimmt, das eigentlich schon – aber wenn mir mal was passieren sollte ... also – was dann das Erbe betreffen würde ...« Vera Rothmann suchte sichtlich nach einer ihrer Ansicht nach unverfänglichen Erklärung.

»Bleibt er Hauptbegünstigter, verstehe.« Devcon zückte Kugelschreiber und einen Miniblock aus seiner Manteltasche. »Sie haben mir noch nicht seinen vollständigen Namen genannt.«

»Peter Kristler. Doktor Peter Kristler. Vielleicht haben Sie schon von ihm gehört?«

Er deutete ein Kopfschütteln an.

»Gut, das ist jetzt auch schon eine Weile her.«

»Soll das heißen, dass er nicht mehr praktiziert?«

»Damit war es vorbei, als diese Fälschungsvorwürfe aufkamen.«

»Wann war das und worum ging es dabei?«

»Das war vor - hm - drei, vier Jahren? Und es hatte mit seinen Untersuchungen zur Entwicklung einer neuen Therapie zu tun. Für Patienten mit dem Asperger-Syndrom.«

»Mir unbekannt.«

»Ist eine milde Form des Autismus. Eine psychische Krankheit.«

Devcon setzte sich kerzengerade auf. »Eine psychische Krankheit?«

»Ja, aber ob es eine Krankheit ist, hängt davon ab, wie stark der Kontaktverlust zur Wirklichkeit ist.«

»Na, das ist doch mal eine Diagnose, die sich heutzutage sicher problemlos für eine Vielzahl unserer Mitbürger stellen lässt.«

»Da haben Sie Recht, und genau darum ging es ihm ja wohl. Das Asperger-Syndrom als ganz normaler Nebeneffekt des technischen Fortschritts, das war der Ausgangspunkt seiner Schrift. Ein Extrembeispiel dafür ist die cyberhörige Jugend in Japan. Und die Kinder im Silicon Valley. Da gibt es inzwischen jede Menge Problemgruppen, man weiß gar nicht mehr, wo man anfangen soll ...«

»Hört sich nach der Geburtsstunde einer neuen Modekrankheit an.« Devcon fiel die entseelte Wohnung von Gregor Martens ein, in der der Computer eine zentrale Stellung eingenommen hatte. Doch er rief sich zur Räson. »Zurück zum Club. Spielt Ihr Herr Doktor da noch irgendeine Rolle? Ich meine, außer als Geldgeber?«

»Nun ... mit dieser Untersuchung hat er noch jede Menge Ärger bekommen, bis man dann sogar auch seine therapeutische Kompetenz überhaupt angezweifelt hat - und seit der Gesundheitsreform lohnt sich das alles ja sowieso nicht mehr, sagt er ...«

»Das heißt also, *er* führt den Club?«

»Ja. Und Sie können mir glauben, dass ich inzwischen heilfroh bin, dass er auf meinen Namen läuft. So kann er mich nicht völlig fallen lassen, und ich bin wenigstens finanziell einigermaßen abgesichert. Wir sehen uns eigentlich kaum noch.«

»Wann haben Sie ihn das letzte Mal getroffen?«

»Das war vor etwa zwei Stunden. Aber er kam nur, um mir zu sagen, dass er in den nächsten Wochen viel unterwegs ist. Damit ich ab und an nach dem Rechten sehe. Sie wissen ja, wie das mit dem Personal ist, wenn man die zu oft allein lässt. Ihm als Psychologen macht da natürlich keiner was vor."

»Wo war die Praxis?«

»Na, auch hier in Frankfurt. Im Stadtteil Bornheim. Dort hat er auch gewohnt – na ja, bis zur Scheidung eben.«

»Wo wohnt er jetzt?«

Sie schwieg.

»Frau Rothmann, muss ich Sie schon wieder an unseren Deal erinnern?«

»Neu-Isenburg. Hugenotten – straße, glaube ich. Die Hausnummer weiß ich wirklich nicht mehr.«

»Können Sie sich erinnern, ob es unter seinen Patienten einen Gregor Martens gab?«

»Ach, wissen Sie, das ist jetzt so lange her. Die Praxis lief auch sehr gut, kein Wunder bei seiner Ausstrahlung ...«

»Vielen Dank, Sie haben mir sehr geholfen.« Devcon sprang auf und wandte sich zum Gehen. »By the way – wenn Sie ihm gegenüber auch nur ein Wort über unseren Plausch hier verlieren, betrachte ich unseren Deal als geplatzt. Das heißt, ich komme dann doch noch mal wieder. Und zwar in Begleitung.«

32

»Reggie! Ich brauche sofort den blauen Ordner aus der Wohnung von Gregor Martens!«, brüllte Devcon über den Flur der K11. Er sah auf die Uhr. Nach zwei.

»Und woher soll ich wissen, wo der ist?«, schallte es aus dem Zimmer, an dessen Schwelle er bereits stand.

»Mit nach Hause genommen habe ich ihn nicht, das weiß ich genau, und im Auto ist er auch nicht mehr. Also muss ich ihn hier irgendwo hingelegt haben!«

Regina Tamm, nach Devcons telefonischem Stakkato zur nächtlichen Katastrophe schnellstens im Präsidium eingetroffen, drehte sich mitsamt ihrem Bürosessel um – und schaute ihn erschrocken an. Er schien um Jahre gealtert. »Meine Güte, bleib doch mal ruhig! Du siehst ja fast noch schlimmer aus als Tatjana.«

»Wie kommst du denn jetzt darauf?«

»Sie ist hier.«

Er starrte sie an. »Wo.«

»Unten in der Halle. Um sich den Frust von der Seele zu rennen, hat sie gesagt. Und dabei sah sie sowieso aus, als würde sie jeden Moment umkippen. Ließ sich aber nicht abhalten.«

Die Rhythmen waren schon vor der Sporthallentür deutlich zu hören. Devcon zog die Tür auf, hörte ein gedehntes «You FM« – das Radio-Jingle, und sah auf dem vordersten Laufband Tatjana Kartan, bekleidet mit einer seiner Sporthosen und dem uralten Roger-Staubach-Football-T-Shirt. Er beugte sich zu dem Ghettoblaster neben der Tür hinab und schaltete ihn aus. Tatjana rannte weiter. Ihre Augenlider waren verschwollen, das Gesicht kaum gerötet. Schweißtropfen konnte er nicht erkennen. Ebenso wenig eine Regung. »Also gut. Was soll das hier werden?«

»Ich warte auf die Endorphin-Ausschüttung.«

»Worauf?«

»Endorphine. Körpereigene Glücksmoleküle. Angeblich soll das Gehirn die nicht nur beim Sex und Schokoladeessen produzieren, sondern auch beim Sport.«

»Discovery-Channel?«

Sie rang nach Atem. »3sat. Irgendwie muss sich ein Großteil meiner Synapsen aber verklemmt haben. Ich renne und renne und nichts passiert.« Sie erhöhte das Lauftempo. Er schaltete das Gerät ab, und sie torkelte, als das Band abrupt stoppte.

»He! Was soll das ...«

»Ab unter die Dusche! Du hast zwei Minuten. Dann suchst Du zusammen mit Reggie den blauen Ordner, den wir aus der Wohnung von Martens mitgenommen haben, und siehst dann nach, ob in der Kopie seiner Krankenakte ein Peter Kristler als sein Therapeut eingetragen ist.«

Sie starrte ihn an: »Kristler? Kristler – aber ist das nicht der Name des ehemaligen Chefs von dieser Vera Rothmann?«

»Treffer. Und der eigentliche Leiter des Clubs *be my dream* ist er auch noch.«

»Was?! Aber das würde ja heißen ...«

»Wir hätten eine brandheiße Spur. Unsere Zeit ist aber schon so gut wie abgelaufen. Also Beeilung, bitte.«

Ohne ein weiteres Wort sauste sie aus der Halle.

»Wo bleibt Ihr Bericht, den ich vor nunmehr drei Stunden angefordert habe?« BKA-Hauptkommissar Losard warf die Tür hinter sich zu. Devcon, in seinem Sessel sitzend, den Telefonhörer des Hausapparates in der Hand, starrte ihn verblüfft an. Er hatte Grafert anrufen wollen, um sich noch einmal die spärlichen Fakten zur Person des Mannes durchgeben zu lassen, der Gregor Martens in der vergangenen Nacht vor dem Klinikgebäude in Empfang genommen hatte. Und um ihn anzuweisen, sich für eine eventuelle Gegenüberstellung bereitzuhalten.

»Sie haben anscheinend immer noch nicht begriffen, dass der Wilde Westen erst auf der anderen Seite des atlantischen Ozeans anfängt, wie? Bei uns hat man sich an die Regeln zu halten. Andernfalls ist man im hiesigen Polizeidienst fehl am Platz! Und ich sag Ihnen noch was: Ihre ach so beeindruckende Aufklärungsrate interessiert mich einen Scheißdreck! Von Bedeutung ist, was passiert, wenn es wirklich schwierig wird. Und da versagen Sie prompt, wie man sieht! Herrgott noch mal, auch Sie haben die Prinzipien der kriminalistischen Arbeit zu beachten, haben Sie das kapiert? Und kommen Sie mir bloß nicht mit irgendwelchen Ausflüchten. Außer Ihnen weiß hier jeder, dass Ermittlungsfortschritte schriftlich festzuhalten sind. Und falls Ihnen das nicht passt, können Sie es ja mal in Hollywood versuchen! Ich schwör Ihnen, wenn Sie sich nicht endlich zusammenreißen, wird Ihnen Ihre Cowboymanier diesmal das Genick brechen!«

Devcon blieb gefährlich ruhig. »Hören Sie zu, Losard ...«

»Herr Losard, bitte!«

»Also gut. Herr Losard. Da draußen läuft allem Anschein nach ein durchgeknallter Psychiater herum ...«

»Bitte? Ich sehe nur einen durchgeknallten Hauptkommissar. Und zwar direkt vor mir! Ist Ihnen eigentlich klar, was Sie und Ihr Superteam mit all Ihrer Inkompetenz da angerichtet haben? Vier Leichen innerhalb weniger Minuten, und darunter auch noch einer aus Ihrer eigenen Reihe! Und der trug keine Schutzweste! Das muss man sich mal vorstellen! Andere Dienststellen wären froh, sie in ausreichender Stückzahl zu haben! Was glauben Sie texanischer Prachtbulle eigentlich, wozu die Dinger da sind, als Brustwärmer für Weicheier? Ein gefundenes Fressen für die Presse, grandios, kann ich da nur sagen, wir mussten wirklich alle Hebel in Bewegung setzen, um Ihren Arsch zu retten. Und Sie halten es noch nicht mal für nötig, diesen elenden Bericht abzuliefern!«

Die Tür ging auf. Tatjana Kartan rannte mit einem Blatt aus Gregor Martens Aktenordner in der Hand herein, erblickte Losard und blieb abrupt stehen.

»Alle Wetter, hier herrschen Sitten. Schon mal was von Anklopfen gehört, junge Dame? Das ist eine interne Besprechung. Wenn Sie also bitte nicht stören würden.« Sie suchte Blickkontakt zu Devcon. Und nickte. Nachdrücklich. Dann ging sie langsam rückwärts, sichtbar auf eine Reaktion von ihm wartend.

»Sie dürfen sich gern etwas schneller entfernen«, schnarrte Losard.

»Ja ... natürlich, sofort ...«

Devcon zerriss es fast unter ihrem Blick.

»Ich ... wir, wir brauchen noch die BMW-Schlüssel. Wegen der Schuhkiste mit den Sprays im Kofferraum. Zur Beweismittelanordnung.« Devcon hielt ihr seinen Schlüsselbund hin. Sie nahm ihn – Augenkontakt vermeidend – und lief nach draußen.

»Verdammt, Losard! Selbstverständlich kriegen Sie Ihren Bericht, aber geben Sie mir noch einen Augenblick Zeit! Ich muss sofort zugreifen ...«

»Machen Sie so weiter, und Sie müssen sofort zum Anwalt! Aber Sie brauchen's anscheinend im Klartext. Der Fall ist Ihnen hiermit offiziell und mit sofortiger Wirkung entzogen, schöne Grüße von Ihrem Chef, von dem kriegen Sie das auch noch schriftlich.«

»Verdammt noch mal! Dann schicken Sie eben ein paar Leute.« Er hatte Tatjanas Nicken sehr wohl verstanden. »Kristler muss sofort verhaftet werden. Es besteht akute Fluchtgefahr!«

»Ach, ja? Und aus welchem Grund?«

»Er ist höchstwahrscheinlich der Mörder von Martens und Auftraggeber der beiden maskierten Rambos sowie der Initiator des Handels mit einem Nasenspray, das wir unter dem Namen Paradise kennen!«

Losards Miene erstarrte. »Können Sie diese spektakuläre Theorie auch beweisen?«

»Kristler war mal Martens' Therapeut, einen Beweis dazu haben wir in Martens' Wohnung gefunden.«

»Was für einen Beweis?«

»Eine Kopie seiner Krankenakte zu der Gesprächstherapie, die er bei Kristler gemacht hatte!«

»Gut, und was hat das mit dem Fall Paradise zu tun?«

»Das Nasenspray wurde vermutlich in Kristlers Auftrag von Martens aus dem Labor geschmuggelt. Er hat es unter anderem meiner verdeckten Ermittlerin angeboten. Und zwar in genau dem Club, den Kristler inoffiziell führt! Außerdem haben wir eine von uns mitgeschnittene, telefonische Anweisung von ihm an Martens, bei der er ihn explizit zu diesem Labor ...«

»Gut, dann zeigen Sie mir zuerst das Genehmigungsschreiben des zuständigen Richters für die Abhöraktion. Haben Sie nicht? Bravo! Sie kennen das diesbezügliche Credo unserer werten Justizministerin? Das Abhören stellt bei der Strafverfolgung die Ultima ratio dar, das heißt, sie ist erst dann in Erwägung zu ziehen, wenn alle anderen Ermittlungsmöglichkeiten ausgeschöpft sind.«

»Nennen Sie mir eine andere Ermittlungsmöglichkeit im Fall einer Suche nach Unbekannt!«

»Und Sie konnten den Mann wenigstens eindeutig als den besagten Anrufer identifizieren?«

»Sobald wir das Ergebnis einer Stimmanalyse ...«

»Dann stützt sich Ihre Theorie demnach in erster Linie auf den Ermittlungsbericht Ihrer Kommissarin. Ihren Namen, bitte, ich hätte sie gern persönlich dazu befragt.«

»Nein, sie stützt sich vor allem auf das Gespräch mit der Clubeigentümerin, das ich gerade eben erst geführt habe!«

»Wunderbar. Haben Sie das auch gleich mitgeschnitten? Nein? Schön, dann lassen Sie die Dame herbringen, damit ihre Aussage protokolliert werden kann. Ist Ihnen auch nicht recht? Gut, kommen wir zurück zum Ausgangspunkt. Den Namen Ihrer Kommissarin, bitte. Oder ist da auch was faul?«

Devcon taxierte sein Gegenüber mit loderndem Blick. »Ihr Name ist Tatjana Kartan. Schwester des Verstorbenen. Und nach der gestrigen Nacht werden Sie ihren Worten wohl nicht mehr allzu viel Bedeutung beimessen, nehme ich an.«

Losard klappte die Kinnlade runter. Er fasste sich an die Stirn. »Wie ich sehe, können selbst Sie in dem Fall eine gewisse Befangenheit nur schwerlich verleugnen. Mein Gott, Devcon! Sind Sie wahnsinnig? Und apropos wahnsinnig. Erinnern Sie sich noch an den Fall der getöteten Fünfzehnjährigen, deren Mörder erst kürzlich vom Bundesgerichtshof freigesprochen werden musste, aufgrund nicht wasserdichter, verdeckter Ermittlung? Und Sie glauben allen Ernstes, dass Sie mit Ihrer wackeligen Beweisführung einen Haftbefehl erwirken können? Das sind doch bloß Hirngespinste von Ihnen! Anscheinend haben Sie den Stress der letzten Nacht noch nicht verarbeitet. Schauen Sie mal auf die Uhr. Es ist fast drei! Wenn Ihr Mann tatsächlich der Schütze gewesen wäre, hätte er mit Sicherheit längst das Weite gesucht.«

»Das wird auch bald der Fall sein, wenn wir noch länger hier sitzen und Smalltalk halten!«

Losard zog sich einen der Besucherstühle heran, setzte sich und verschränkte die Arme vor der wuchtigen Brust. »Hören Sie zu, Devcon. Ob Sie es glauben oder nicht, ich kann verstehen, was im Augenblick in Ihnen vorgeht. Es gibt nichts Schlimmeres als einen Mann zu verlieren. Noch dazu auf eine so tragische Weise. Aber machen Sie es uns doch nicht noch schwerer, als es ohnehin schon ist. Glauben Sie mir, ich fände es bedauerlich, wenn Sie vom Dienst suspendiert werden müssten.«

»Ha, ha, ha!"

«Zumindest nicht wegen dieser Scheiße hier. Verstehen Sie es endlich? Verhalten Sie sich ruhig, Mensch! Denken Sie daran, Sie sind nicht mehr der Jüngste. Und wenn Sie noch in den Genuss einer vollen Pension kommen wollen ... Am besten nehmen Sie ein paar Tage Urlaub. Und sehen endlich ein, dass Sie im Fall Paradise offensichtlich an Ihre Grenzen gestoßen sind.«

Devcon knirschte mit den Zähnen. Dann nickte er Losard zu und erhob sich. »Wie Sie meinen. Bericht schreiben und dann ab nach Hause, also gut. Erst muss ich aber schnell mal austreten gehen. Wenn Sie gestatten.«

»Bitte. Tun Sie sich keinen Zwang an.«

Devcon trat in den Flur hinaus – und musste sich sehr stark beherrschen, um der Versuchung zu widerstehen, die Tür so zuzuwerfen, dass sie aus den Angeln splitterte. Er atmete ein paar Mal tief durch, bevor er in das schräg gegenüberliegende Zimmer ging.

»Oh, oh! Du brauchst gar nichts zu sagen, ich sehe schon, ihr seid wieder keine Freunde geworden«, rief Regina Tamm mit erhobenen Händen.

Devcons Blick irrte durch den Raum. »Wo ist sie. Ich brauch sie. Jetzt sofort. Ist sie nebenan?«

»Wer? Tatjana? Nein, sie besorgt sich gerade frische Kleidung. Ich hatte ihr ja angeboten, sie zu fahren, aber sie meinte, wenn sie es ohne Weinkrampf überstanden hat, Michaels Büro zu betreten, dann kann sie auch ein Auto nehmen und allein zur Wohnung fahren. Ich muss schon sagen, sie ist wirklich unglaublich tapfer.«

Devcon wurde blass.

»Was ist?«

Mit einer ruckartigen Bewegung presste er den Zeigefinger an die Lippen. Mit der anderen Hand deutete er hinter sich. Regina Tamm nickte. Dann hetzte er über den Flur, riss seine Bürotür auf und schnappte sich seinen Mantel nebst dem darunter verborgenen Schulterhalfter mit Dienstwaffe. »Für alle Fälle. Am Wochenende sind die Toiletten meistens unbeheizt«, rief er dem verdutzt dreinblickenden BKA-Hauptkommissar zu und stürmte hinaus.

33

Wenn man der Zahl der Klingeln glaubte, dann lebten fünf Parteien in dem stilvoll restaurierten Altbau. Der Name des Therapeuten stand auf dem obersten Schild. Tatjana Kartan drückte mehrmals den Knopf und wartete. Dann griff sie in eine Tasche ihrer Daunenjacke und holte den Schlüsselbund mit den Dietrichen hervor, den sie aus Michaels Büro geholt hatte. Sie hatte sie in der letzten Woche bei der Suche nach einem Kugelschreiber in seiner Schreibtischschublade entdeckt, und Michael hatte ihr erklärt, dass sie ein Präsent seines bevorzugten Frankfurter Schlüsseldienstes waren – das er bisher vor neugierigen Blicken erfolgreich hatte bewahren können.

Hinter der verglasten Eingangstür stieg ein älteres Paar die Treppenstufen hinab. Den Schlüsselbund hinter dem Rücken verborgen, blickte sie den beiden entgegen. Als die Tür aufging, huschte sie mit einem strahlenden Lächeln hinein, woraufhin sie ihr erfreut zunickten.

Zwei Stufen auf einmal nehmend hastete sie in die oberste Etage und stoppte vor einer breiten, mit weiß lackiertem Kunststoff beschichteten Tür. Sie musterte das Schloss, zog eine verächtliche Grimasse und benötigte keine drei Minuten, bis sie den Profilzylinder aufgeschlossen hatte. Ihr Herz schlug bis zum Hals, als sie die Tür aufstieß, die entsicherte Pistole vom Vorabend im Anschlag. Alles ruhig. Sie ließ die Waffe sinken, schob die Tür mit dem Fuß zu und steuerte das vom Wintersonnenlicht durchflutete Wohnzimmer an. Auf der cremefarbenen Ledercouchgarnitur lag ein Laptop. Sie drückte den Startknopf und hielt den Atem an: Das Hauptmenü baute sich auf – auch bei diesem Privatcomputer war die Passwortabfrage nicht eingerichtet worden. Der Akku stand bei neunundachtzig Prozent. Sie steckte einen USB-Stick in einen der Anschlüsse – das Speichermedium stammte aus dem Büro ihres Bruders – öffnete den Dateimanager und begann mit der Kopie aller Dokumente im Ordner »Eigene Dateien«.

Die Tachonadel pendelte zeitweise jenseits der 160-Stundenkilometermarkierung, als Devcon Michael Kartans schwarzen A4 mit rotierendem Blaulicht auf dem Wagendach über die Kennedyallee prügelte. Sämtliche Ampeln ignorierend erreichte er Neu-Isenburg, Hugenottenallee, in Rekordzeit. Sein eigener BMW parkte keine drei Häuser vom Zielgebäude entfernt. Unmittelbar davor hielt ein dunkelroter Volvo. Ein Mietwagen, wie Devcon am Kennzeichen erkannte. Ein hochgewachsener Mann stieg aus und verschwand durch den Zieleingang. Devcon sprang aus dem Wagen, sprintete los, prallte gegen die zugefallene Tür, fluchte und drückte anhaltend alle Klingelköpfe auf einmal. Zwei Stimmen antworteten parallel aus der Sprechanlage.

»Kriminalpolizei! Öffnen Sie, das ist ein Notfall!«

»Hau ab, du Penner!«, antwortete die eine Stimme, die andere sagte nichts mehr. Stattdessen ertönte ein Summton.

Devcon stürmte ins Haus und hielt seinen gezogenen Ausweis vor das verwirrte Gesicht, das hinter einer der Wohnungstüren im Parterre hervorlugte. »Schließen Sie die Tür!« Eine Anordnung, die der Hausbewohner sofort befolgte. Devcon riss die Walther P1 aus dem Schulterhalfter, den Blick nach oben gerichtet, und hastete die Treppenstufen hoch.

Peter Kristler drehte den Schlüssel – und stutzte. Er verließ die Wohnung nie, ohne abzuschließen. Er nahm seine Waffe aus der Manteltasche, trat ein und drückte die Tür zu. Das anhaltende Klingeln von unten ignorierte er. Mit vorgehaltener Pistole schritt er über das Flurparkett zum Wohnraum – und sah, dass der Laptop fehlte. Er durchquerte den Raum, nach dem Gerät suchend – bis sein Blick auf die Spiegelfront des Kleiderschrankes hinter der halb offenstehenden Schlafzimmertür fiel. Blanker Hass brach sich Bahn, als er zur Tür hinsprang und sie mit voller Wucht auftrat.

Seine Augen funkelten vor kalter Wut, als er die Waffenmündung auf Tatjana Kartan richtete. Sie starrte ihn an, gelähmt vor Schreck. Und wehrlos. Die aufknallende Tür hatte ihr die Pistole aus der Hand geschlagen.

Scheiß auf die Pension, schoss es Devcon sinngemäß durch den Kopf. Nach dem vierten Anlauf brach die hölzerne Türzarge. Er stürmte hinein und orientierte sich blitzschnell. Der Wohnraum war menschenleer. Die Zimmertür hinten stand einen Spaltbreit offen. Er lief mit nach vorn gerichteter Waffe los, trat die Tür auf, und Peter Kristler – vor dem Laptop kniend, beide Hände auf der Tastatur – blickte mit überraschtem Gesichtsausdruck zu ihm hoch.

»Keine Bewegung!«

Devcons Waffe war auf Kristlers Stirn gerichtet. Neben dem Computer registrierte er die CZ 75 Compact. Dann sah er Tatjana Kartan. Sie lag reglos am Boden. Er sprang zu ihr hin, Kristler fest im Visier behaltend.

»Es war Notwehr. Ich habe sie beim Einbruch überrascht.«

»Und dann wollten Sie Ihre Eindrücke gleich schriftlich festhalten? Legen Sie die Hände hinter den Kopf und rühren Sie sich nicht von der Stelle!« Devcon beugte sich zu Tatjana Kartan herunter und fühlte ihren Puls. Ohne Kristler aus den Augen zu lassen.

»Habe ich zu fest zugeschlagen? Falls ja, dann versichere ich Ihnen, dass es mir aufrichtig leid tut. Dennoch muss ich darauf bestehen, jetzt sofort meinen Anwalt kontaktieren zu dürfen.« Er erhob sich.

Den Zeigefinger weiterhin am Pistolenabzug, starrte Devcon Peter Kristler entgegen – dessen besorgte Miene allmählich einer Fratze aus blanker Angst wich.

»Das Spiel ist vorbei, kapiert? Für Sie gibt es jetzt kein Entkommen mehr.«

34

Devcon schaute aus dem Fenster, eine Formation dicker Quellwolken verfolgend, die den Mittagshimmel durchzogen. Die 48-Stundenfrist, innerhalb derer ein Verdächtiger dem Haftrichter vorgeführt werden muss, würde bald um sein. Über den Stand des Zwischenverfahrens war er nicht informiert. Und die Gedanken an die Lage in der Universitätsklinik musste er verdrängen, um nicht in einem Meer aus tiefster Resignation unterzugehen. Eine Resignation, die unheilvolle Erinnerungen in ihm weckte – die Erinnerungen an die Zeit unmittelbar nach der Ermordung seiner Ehefrau durch Cherub.

Die Platzwunde an Tatjana Kartans Schläfe war nur das äußere Zeichen ihrer Kopfverletzung gewesen.

»Ihr Zustand ist stabil, bei einer dem Schlafmodus ähnlichen Hirnaktivität. Im Moment können wir nichts tun. Es bleibt abzuwarten, wie sich die Situation weiterentwickelt«, hatte der betreuende Arzt mitgeteilt.

Eine dem Schlafmodus ähnliche Hirnaktivität. Das bedeutete Koma.

»Staatsanwalt Bender auf Leitung eins«, gab Regina Tamm über das Schreibtischtelefon durch.

»Danke.«

»Es tut mir leid, Jim, aber ich fürchte, ich habe keine guten Nachrichten.«

»Ganz was Neues. Trotzdem, Dank vorab.« Für die Ermittler war der Fall ja beendet, er würde nur noch zur Anhörung geladen werden. Daher war es eine nette Geste, ihn über den Stand des Verfahrens zu informieren. »Also, dann lass hören.«

»Tatsache ist, dass auch ich nach eingehendem Studium der Ermittlungsakte und der kriminaltechnischen Untersuchungsberichte zu dem Ergebnis gelangt bin, dass wir keinen Nachweis über Kristlers Verstrickung in den Fall Paradise haben, der vor Gericht standhalten würde. Eine Anklage kann nur wegen illegalen Waffenbesitzes erhoben werden.«

Devcon schnappte nach Luft. »Damit haut Kronau ihn in null Komma nichts auf Kaution raus! Was ist mit dem Laptop? War da etwa nichts drauf?«

»Laut der Analyse eines Fachmanns des BKA sind die Daten mittels einer speziellen Schredder-Software gelöscht worden. Das heißt, sie sind de facto nicht mehr rekonstruierbar. Das Gerät fällt damit als Beweismittel aus.«

»Ach? Tatsächlich?«

»Erschwerend kommt hinzu, dass dein Mann kein Unbekannter ist. Und das nicht nur aufgrund seiner früher sehr erfolgreichen Therapeutentätigkeit. Er war zudem auch noch entsprechend verheiratet.«

»Sorry, der Name Kristler sagte zumindest mir bisher überhaupt nichts.«

»Das ist nicht weiter verwunderlich. Seine Exfrau hat ihren Mädchennamen behalten. Vermutlich aus Popularitätsgründen. Ich spreche von der in den Fachzirkeln weltweit bekannten Sexualforscherin und Neurologin Franka Bubenhain.«

Devcon hatte Mühe, den Telefonhörer festzuhalten. »Und? Bestehen da noch Kontakte?«

»Bei der Vita ist jedenfalls anzunehmen, dass selbst unter dem Aspekt der Flucht- und Verdunklungsgefahr ...«

»Gefahr? Seine Absetzung ist garantiert schon bis ins Detail vorbereitet! Roland, glaub mir, der Kerl ist eindeutig aus dem Kreis der ehrbaren Akademiker ausgetreten. Das ist ein kaltblütiger Mörder!«

»Beweis es.«

Starr vor Wut blickte Devcon auf die leere Schreibtischfläche. Für weitere Ermittlungsversuche im Fall Paradise war ihm die sofortige Verhaftung angedroht worden, nachdem er wegen Tatjana Kartans Alleingang nicht suspendiert worden war – obwohl er als ihr Vorgesetzter die volle Verantwortung dafür übernehmen musste –, um ihn besser überwachen zu können, wie er annahm.

»Lass uns offen sprechen, Jim, auch wenn es wehtut. Die Waffe, aus der der Schuss auf Martens stammt, konnte nicht aufgefunden werden. Des Weiteren hat uns Kronau für die Tatzeit ein hieb-

und stichfestes Alibi seines Mandanten um die Ohren gehauen. Und die Tatsache, dass das Nasenspray ausschließlich in Martens' Wohnung gefunden wurde, dient ebenso der Entlastung Kristlers. Lass es gut sein, es hat einfach keinen Sinn. Der Fall obliegt nicht mehr deiner Zuständigkeit – und das nicht zuletzt, weil du selbst darauf hingearbeitet hast, indem du beharrlich, aber ohne Beweise einen Zusammenhang zwischen Kristler und Martens konstruiert hast, der über die damalige gesprächstherapeutische Behandlung hinausgeht. Und deine hypothetischen Ausführungen zu diesem angeblich streng geheimen Forschungsprojekt – Jim, ich bitte dich! Die sind in rechtlicher Hinsicht das Papier nicht wert, auf dem sie geschrieben sind! Ich glaube, du brauchst wirklich mal einen ausgiebigen Urlaub.«

»Wie, bitte? Ja, seid ihr denn alle ...«

»Was deine Aussagen aufgrund der gegebenen Konstellation wert sind, kannst du dir denken. Gleiches gilt für Kartans Schwester. Erst recht nach dem unsäglichen Vorfall.«

»What the fuck – unsäglicher Vorfall?!«

»Das Risiko stand in keiner Relation zum Nutzen der Aktion! Du weißt ebenso gut wie ich, dass jedwedes belastende Material aufgrund der illegalen Beschaffungsweise ohnehin nicht als Beweismittel zugelassen worden wäre.«

»Die Tür habe ich aufgebrochen!«

»Deine unorthodoxen Methoden in allen Ehren, aber gerade dir müsste die Rechtslage inzwischen doch mehr als bekannt sein!«

»Verdammt, hätte ich vielleicht lieber klingeln sollen? Sie war in akuter Lebensgefahr! Und seit wann lässt du dir einen gezielten Schläfenschlag, von dessen Folgen du dich übrigens jederzeit in dem eckigen Gebäude da unten am Mainufer überzeugen kannst, als Notwehrhandlung verkaufen?«

»Es ist menschlich absolut nachvollziehbar, dass deine Objektivität zur Zeit ein wenig getrübt ist.«

»Bullshit! Das Problem ist, dass euch euer Objektivitätsverlust ganz offensichtlich verordnet wird!«

Devcon nahm ein kurzes Knistern am anderen Ende der Leitung wahr, bevor Bender mit ruhiger Stimme fortfuhr: »Ein weiteres Faktum gegen deine Theorie ist, dass der Kriminalpsychologe aus Wiesbaden ebenfalls keine abnormen Verhaltensstrukturen feststellen konnte ...«

»Ist vermutlich auf seinen Meister getroffen.«

»Jim, bitte! Wir kennen das deutsche Rechtssystem beide lange genug. Der Untersuchungsrichter macht Hackfleisch aus mir, und das berechtigterweise, wenn ich ihm mit einer so windigen Story daherkomme.«

»Dann schick Losard wenigstens eine Rotakte.«

»Und welche weiteren Ermittlungen soll ich darin anordnen? Tut mir leid, Jim. Wir sehen uns bei der Anhörung. Bis dahin empfehle ich dir, dir selbst einen Gefallen zutun, indem du dich mental darauf einstellst, dass der Haftrichter deinen vermeintlichen Mörder noch heute gegen eine adäquate Kaution auf freien Fuß setzen wird.«

Devcon knallte den Telefonhörer auf die Gabel und schlug die Hände vors Gesicht. Dann riss er die Augen auf – er hatte sich bei der Vorstellung erwischt, wie er die Waffe auf Peter Kristler gerichtet hatte. Und abdrückte.

Er schüttelte sich wie ein nasser Hund und schaute auf die Uhr. Bis zur Haftrichtervorführung waren es noch knapp zwei Stunden. Er griff erneut zum Telefonhörer. »Reggie, falls jemand Sehnsucht nach mir hat, ich bin unterwegs.«

»Wie, jetzt schon?«

»Warum nicht? Vor der Klinikstippvisite werde ich noch ein wenig von der wunderbaren Luft unten am Westhafen schnuppern. Und dann ist es sicher Zeit für die Aufführung im Landgericht.«

»So, so. Und wie heißt das Stück?«

»Die schweigenden Lämmer, nehme ich an.«

»Bist du sicher, dass ich dich nicht doch lieber begleiten soll?«

»Keine Sorge. Ich werde meine Rolle schon irgendwie ausfüllen.«

»Genau das befürchte ich auch.«

35

Auf der Friedensbrücke, auf der Gegenspur in Richtung Innenstadt, ging nichts mehr. Devcon registrierte verbiesterte Gesichter hinter den Windschutzscheiben und runzelte die Stirn – offenbar alles Opfer des freiwilligen Vorweihnachtsterrors. Er setzte den Blinker und bog zum Untermainkai ab, der Straße zum Klinikgelände. An der Schranke zum Besucherparkplatz zog er ein Ticket, parkte den BMW – und verharrte minutenlang im Wagen, auf das Hauptgebäude starrend. Dann stieg er aus und wanderte in die entgegengesetzte Richtung los, unten am Fluss die Mainuferpromenade entlang.

Es war das Spiel Franka Bubenhains in dieser Ränkepartie, was er nach wie vor nicht durchschauen konnte. War sie darüber informiert, wer ihren Doktoranden in den Abgrund gerissen hatte? Und hatte sie gewusst, dass Martens bei ihrem Exmann mal in Therapie war? Und war Martens die Relation zwischen ihr und Peter Kristler bekannt gewesen? Falls ja – hatte Kartan doch richtig gelegen, und sie hatte den Paradise-Vertrieb eventuell sogar mitinitiiert? Und vor allem: Wo war sie jetzt? Und wie ging es mit diesem verhängnisvollen Präparat weiter?

Fragen über Fragen. Die er nicht mehr würde klären können. Hinzu kam die ihn schon fast körperlich peinigende Aussicht, die Mordfallakte Paradise ungelöst schließen zu müssen. Er blieb stehen, die Lippen zum Strich zusammengepresst – und angezogen von der Ruhe und Gelassenheit, die dem in der Wintersonne glitzernden Wasserlauf des Mains innezuwohnen schien. Dann blickte er auf die Uhr. Und machte abrupt kehrt.

Seine Gesichtshaut zierte eine gesunde Farbe, nachdem er den Rückweg im Laufschritt genommen hatte. Er stieß die Kliniktür auf und fuhr mit dem Lift in den fünften Stock, Station A5. Eine Schwester, die er am Vortag mehrfach passiert hatte, sah ihm irritiert entgegen. »Hallo. Sie hier?«

Er blieb stehen.

»Hat man es Ihnen denn noch nicht gesagt?«

Innere Hitze loderte in ihm hoch, sein Atem stockte. »Was gesagt?«

»Ging ja auch wirklich alles sehr schnell.«

Er stand da, schwer schluckend, jede einzelne Muskelfaser angespannt. In seinem Kopf begann es zu rauschen – immer lauter – als ob ein Orkan sich anschickte, seinen Verstand aus der Wirklichkeit hinwegzufegen.

»Nanu, was haben Sie denn? Geht es Ihnen nicht gut? Oder haben Sie tatsächlich noch nicht mitbekommen, dass Ihre Kollegin raus ist – sozusagen wieder auf freiem Fuß?« Die Schwester kicherte albern, und Devcon atmete tief aus, die rechte Hand zum Halt an die Flurwand gestützt.

»Okay … . Und wo ist sie jetzt?«

»Wie, bitte? Na, hören Sie mal, woher soll ich das denn wissen? Sie ist schließlich einfach abgehauen!«

»W…«

»Ja, was glauben Sie denn? Sie muss zu sich gekommen sein und sich dann quasi sofort klammheimlich aus dem Staub gemacht haben. Doktor Landau tobt bestimmt jetzt noch! Aber wer rechnet schon mit so was, schließlich kann es nicht unsere Aufgabe sein, hier jeden Patienten dauernd zu überwachen, ist bei der Unterbesetzung auch gar nicht drin. Eine weitere Behandlung kommt in diesem Institut jedenfalls nicht in Frage, das können Sie ihr gern ausrichten, wenn Sie sie sehen …«

»Vielen Dank für die Auskunft«, rief Devcon, schon auf dem Weg zum Aufzug.

Sein Handy zeigte mehrere Anrufe in Abwesenheit. Und eine Nachricht auf der Mailbox, die von Regina Tamms Telefonapparat im Präsidium stammte und laut Ansage keine Viertelstunde alt war: »Hallo, Tatjana hier. Keiner hat 'ne Ahnung, wo du im Moment rumhängst. Also hör zu: Im Kleingeldfach meines Portemonnaies schlummert seit Sonntag ein USB-Stick. Mit Daten von Kristlers Rechner. Den bringe *ich* jetzt schnellstens zur Staatsanwaltschaft! Ende!«

Devcon sah auf die Uhr – die Haftrichtervorführung sollte in einer halben Stunde beginnen. Er fuhr los.

Am Gebäudeeingang C des Gerichts verschaffte er sich mittels Dienstausweis sofortigen Einlass bei der Sicherheitskontrolle. Die Tür zum Gerichtszimmer war angelehnt. Peter Kristler war bereits aus dem Sicherheitstrakt überführt worden und saß zurückgelehnt neben Verteidigungsanwalt Kronau. BKA-Hauptkommissar Losard hockte an einem Tisch auf der anderen Seite, er wandte Devcon den Rücken zu, machte aber auch in dieser Position auf ihn einen sehr entspannten Eindruck. Vom Flurende schallten laute Stimmen zu ihm herüber. Er wandte sich in diese Richtung.

»Mein Gott, was ist das bloß für ein Bürokratiemist hier! Jetzt sehen Sie sich die Daten doch wenigstens mal an!«

»Was sind das für Daten?«, fragte Devcon, und Tatjana Kartan, in ihrer roten Daunenjacke und der Used-Look-Jeans, fuhr zu ihm herum. Er sah das riesige Pflaster über ihrer Schläfe, mit den Ausläufern eines fast schwarzen Blutergusses – und das Strahlen in ihrem erschreckend bleichen Gesicht. Sie hielt ihm den USB-Stick entgegen. »Was hast du gedacht, was das ist? Ein Feuerzeug? Ein Minikulli? Ein MP3-Player? Oder ein neurobionisches Zäpfchen?«

»Gut, dass du da bist, Jim. Vielleicht gelingt es dir, ihr begreiflich zu machen, dass eine Zulassung als Beweismittel aufgrund der Beschaffungsweise vollkommen ausgeschlossen ist«, sagte Staatsanwalt Roland Bender und rückte sein betont schlicht gestaltetes Brillengestell zurecht.

Devcons Blick ruhte weiter auf Tatjana. »Also los, Prinzessin. Was ist drauf?«

»Ein paar chemische Hieroglyphen zum Beispiel. Es ist die Serumzusammensetzung, Mann!«

Er pfiff durch die Zähne. »Alle Achtung. Und lässt sich belegen, dass sie von Kristlers Laptop stammt?«

»Wegen der geschredderten Festplatte? Keine Sorge, das nützt ihm rein gar nichts.« Sie wandte sich an Bender: »Wo steht der nächste Rechner?«

»Bei unseren Schreibkräften.« Er blickte auf die Uhr. »Aber ich fürchte, dafür ist es jetzt zu spät. Wir müssen rein, die Anhörung beginnt gleich.«

»Dann verplempere nicht noch mehr Zeit und bring uns sofort dahin!«, polterte Devcon.

Eine Minute später hockte Tatjana am Arbeitsplatz einer hinauskomplimentierten Sekretärin, drückte den USB-Stick in den Anschluss und öffnete eine Datei mit der Überschrift: AS-371 – Präparatszusammensetzung im Detail. Devcon warf Roland Bender einen triumphierenden Blick zu, wandte sich aber gleich wieder an sie. »Und wo steht, dass die Liste von Kristler stammt?«

»Computerkenntnisse Tendenz gen null, was? Das läuft dann wohl unter dem Punkt Generationskonflikt.«

»Wenn du meinst. Und jetzt her mit dem verdammten Nachweis. Und ein bisschen plötzlich, wenn ich bitten darf!«

»Schon gut! Nur keine falsche Hektik – oh! ... Moment ...« Plötzlich schloss sie die Augen. Und ihre Hände auf der Tastatur zitterten. Devcons Pupillen weiteten sich. »Okay, es reicht! Ich bring dich sofort zum Arzt ...«

»Nein, nein, dafür ist später noch Zeit. Es ist alles bestens.«

»Vergiss es, los, komm jetzt ...«

»Bitte!«

Devcon schwieg. Mit einem Blick auf Tatjana, schwankend zwischen Zorn und höchster Besorgnis.

»Also«, setzte sie an. »Bei der Softwareinstallation verlangt das System zur Identifikation des Lizenznehmers bekanntlich eine Namenseingabe. Und außer irgendwelchen Anonymitätsfanatikern oder notorischen Spaßvögeln gibt den auch jeder brav ein. Bei der Datei-Info erscheint er dann automatisch im Verfasserfeld.«

»Verfasst wurde die Liste aber doch von Martens.«

»Weiß ich. Aber Kristler hat sie auf seinen Rechner überspielt und abgespeichert. Und natürlich gibt es noch wesentlich mehr Daten, die man unter den Eigenschaften eines Dokuments einsehen kann. Zum Beispiel Datum und Uhrzeit der Erstellung, letzte Änderung und noch eine hochinteressante Kleinigkeit.« Sie klickte auf den Unterpunkt »Statistik« und wies mit dem Mauszeiger auf den Eintrag, der hinter der Textzeile »zuletzt gespeichert von" aufgeführt war: Peter Kristler.

»Ja!«, schrie Devcon und schlug mit der Faust auf den Tisch.

»In dem Fall fungiere ich höchst ungern als Spielverderber, aber wie bereits erwähnt, ist dieser Datenträger vor Gericht keinesfalls zulässig«, sagte Roland Bender. Devcon wandte sich ihm zu und lächelte nachsichtig. »Wie bereits erwähnt, habe ich diese Tür aufgebrochen.«

»Schön. Dann leg mir dar, wie sie vorher durch die verschlossene Tür gekommen ist. Aber unter besonderer Berücksichtigung der Dietrichsammlung, die sie mit sich geführt hat.«

»Ganz einfach. Die hat sie selbstverständlich nicht benutzt. Sie hat geklingelt, wie jeder normale Mensch auch. Sie kann sich nach dem Schlag aber nicht daran erinnern, was danach geschehen ist.«

Tatjana starrte Devcon verblüfft an.

»Frag einen Arzt, wenn du mir nicht glaubst, Roland. Nach einer Bewusstlosigkeit ist es keine Seltenheit, dass den Betroffenen die letzten paar Minuten vor dem Eintritt fehlen.«

»Jim! Du bist Kriminalhauptkommissar. Muss ich dich wirklich daran erinnern, dass die Benutzung eines Dietrichs grundsätzlich Spuren im Schloss hinterlässt?«

»Dann lass es doch ausbauen und überprüfen.«

Roland Bender schaute Devcon durchdringend an. Der verzog keine Miene. »Gut. Ich hoffe, du weißt, was du tust. Denn das wird das Erste sein, was Kronau verlangt, wenn ich seinen Mandanten aufgrund der Paradise-Ermittlungsakte plus dem, was ich eben gesehen habe, nicht nur mit diesen Drogengeschäften in Verbindung bringen werde, sondern ihn außerdem wegen des Mordes an Martens und indirekter Beteiligung am Mord an Michael Kartan unter Anklage stelle.«

»Nicht zu vergessen der Verdacht auf Beteiligung oder Anstiftung zur Eliminierung der bis heute nicht gefundenen Andrea Harms«, ergänzte Devcon. »Und lass uns gerade noch mal darüber sprechen, wie die Datenkopien auf den USB-Stick gelangt sind ...«

»Ich werde darauf plädieren, dass an diesem Sonntag, nach dem Polizistenmord, akute Flucht- und Verdunklungsgefahr bestanden hat. Das dürfte reichen, um der Richterin die Notwendigkeit eures sofortigen Handelns ohne offiziellen Durchsuchungsbeschluss plausibel zu machen.«

»Und ein späteres Berufungsverfahren ...«

»Müsste grundsätzlich erst mal genehmigt werden. Und so, wie sich der komplette Sachverhalt rund um dieses sonderbare Nasenspray laut deiner Akte jetzt darstellt, halte ich das für mehr als unwahrscheinlich. Den Datenträger, bitte.«

Mit dem Stick in der Hand verließ Roland Bender eilig den Raum.

»So, meine Liebe«, sagte Devcon zu Tatjana. »Du rührst dich nicht von der Stelle bis ...«

»Eins versteh ich aber nicht.«

»Das wäre?«

»Es stimmt zwar, dass ich geklingelt habe. Sogar mehrmals. Aber doch nur, um zu checken, ob die Luft rein ist.«

Devcon nickte – und bedachte sie mit einem unergründlichen Lächeln. »Das mag ja sein, aber ich glaube, du bist viel zu verwirrt, um dich an alles genau zu erinnern, was an dem Tag passiert ist, oder? Du standest doch unter Schock! Und weißt du übrigens noch, welche freundlichen Ratschläge ich dir bei unserer ersten Begegnung zum Thema Solovorstellungen gegeben habe?«

»Die waren nicht freundlich!«

»Wie auch immer, jedenfalls bat ich darum, Überraschungsaktionen grundsätzlich zu vermeiden, da sie meistens sowieso schiefgehen, wie sich auch hier wieder in aller Deutlichkeit gezeigt hat, und oft nur unter großem Einsatz der Vorgesetzten wieder hingebogen werden können.« Seine Hand glitt in die Manteltasche, aus der er einen durchsichtigen Plastikbeutel herauszog und sofort wieder einsteckte: Er enthielt das ausgebaute Originalschloss. »Du kannst dir bestimmt vorstellen, was passiert, wenn das in die falschen Hände geraten würde, oder?«

»Ja – das schon. Aber wie erklärst du das fehlende Schloss?«

Er schüttelte den Kopf. »Soviel zum Thema Generationskonflikt. Selbstverständlich ist da längst ein Neues drin. Verzeihung, ein Gebrauchtes natürlich.«

»Aber das fliegt doch spätestens dann auf, wenn sie feststellen, dass Kristlers Wohnungsschlüssel nicht passt!«

»Ausgeschlossen. Du vergisst, dass man mich nicht suspendiert hat. Da war es ein Leichtes, einen Schlüssel seines konfiszierten Bundes auszutauschen.«

Tatjana starrte ihn mit offenem Mund an. »Das gibt's nicht ... also, das glaub ich ja nicht ...« In ihrer bleichen Miene spiegelte sich erkennbar der Impuls, ihm vor Freude um den Hals zu fallen. Sie machte Anstalten, aufzuspringen, doch ein plötzlicher starker Schwindel hielt sie auf ihrem Stuhl. Stattdessen schoss ihr rechter Zeigefinger in die Höhe. »Aber eins musst du zugeben.«

»Und das wäre?«

»So viel korrekter als das, was ich gemacht habe, war es doch eigentlich auch nicht, oder?«

»O my goodness! Aber lassen wir die Diskussion und freuen uns lieber darüber, dass wir dank unserer konzertierten Aktion zumindest diesen Kerl im Sack haben, wenn es da drüben im Gerichtssaal nicht mit dem Teufel zugeht. Und halten wir es mit der uralten Wahrheit aus dem berühmten Buch der Bücher ...«

»Die wie lautet?«

»Sinngemäß, Genugtuung ist dann und wann ein guter Ersatz für Gerechtigkeit.«

»Ach, herrje! Aus welchem Steinzeit-Evangelium stammt das denn?«

»Altes Testament, bekanntester Versabschnitt. Auge um Auge, Zahn um Zahn.«

Tatjana sah ihn lange an. Und nickte. »Ja, eine gelungene Rache kann schon gut tun! – Und Paradise ist damit wohl auch gestoppt, oder?«

Devcons Miene verdunkelte sich. »Paradise ja. Aber nicht AS-371.«

Man hatte sie mit verschiedenen Fluggesellschaften über mehrere Drehkreuze geleitet. Die Reisezeit einschließlich der Aufenthalte in den Wartehallen summierte sich auf fast dreißig Stunden. Jetzt würde sie noch einmal vier Stunden mit dem Auto unterwegs sein, durch einen seelenlosen flachen Landstrich – auf dem Weg zur neuen Forschungs- und Pflanzenzuchtstätte.

Der Fortschritt lässt sich nicht aufhalten. Und ich muss meinen Teil dazu beitragen, ihn so sicher wie möglich zu gestalten, dachte die Passagierin mit den jadegrünen Augen, als sie die Gangway hinunterschritt und die salzige Luft einatmete, die über den Golf von Mexiko herüberwehte.

Ein herzliches Dankeschön ...

meinem Mann Andreas (und seinen Mitarbeitern bei der NetOP Tech) für die geduldige Beantwortung meiner vielen Fragen zum Thema Computersicherheit – und vor allem für die gebetsmühlenartige Wiederholung seines »Halte-durch«-Mantras bei der Realisierung dieses Romans.

Vielen lieben Dank dem Team vom Prolibris Verlag – insbesondere Anette Kleszcz-Wagner fürs tolle Lektorat! Ein hilfreiches Stichwort zur rechten Zeit und die Versorgung mit Fachlektüre und literarischen Beispielszenen – so macht das Schreiben doppelt Spaß!

Dank auch an Herrn Peter Borchardt (ehemals PÖ 1, Polizeipräsidium Frankfurt) für die Beantwortung meiner Fragen rund um den Polizeidienst und an Herrn Prof. Dr. Prakash Chandra, der mich in einem ausführlichen Gespräch in die molekularbiologische Forschungsmaterie einwies.

Den Einstieg in das Thema hat mir dieses Buch sehr erleichtert: Gaby Miketta und Claudia Tebel-Nagy: Liebe & Sex. Über die Biochemie leidenschaftlicher Gefühle. Stuttgart 2001.

Aus dem SPIEGEL erfuhr ich, dass die Realität dazu ansetzt, mit der Fantasie gleichzuziehen: Das im Roman auf S. 56 erwähnte Nasenspray *Passion* ist tatsächlich in Arbeit (SPIEGEL Nr. 20/2006: Die Gleichstellungsdroge. S. 74-80).

Der Liedtext auf S. 20 ist ein Ausschnitt aus dem Song »Be my dream« von OFF (Organisation for fun), produziert von Sven Väth, Michael Münzing und Luca Anzilotti für Master Musikproduktion (W.Germany).

Besonders bedanken möchte ich mich noch bei dem Schriftsteller Rainer Wekwerth, dessen kritischer Blick auf das Romanmanuskript im Januar 2007 mich von einer gewissen Betriebsblindheit befreit hat.

Und – last, but not least – vielen Dank an alle, die meinem Mitteilungsdrang während der Manuskriptentstehung heroisch standgehalten haben. Ich habe mir alle Namen säuberlich notiert ...